PHILIP OSBOURNE

A história de um menino muito especial
que acredita (demais!) em fantasia

Ciranda Cultural

Dados Internacionais de Catalogação na Publicação (CIP) de acordo com ISBD

O81d   Osbourne, Philip
     Diário de um nerd: livro 1 / Philip Osbourne ; traduzido por Fabio Teixeira ; ilustrado por Roberta Procacci. - 2. ed. - Jandira, SP : Ciranda Cultural, 2019.
     160 p. : il. ; 13,5cm x 20,2cm. – (Diário de um nerd ; v.1)

Tradução de: Diary of a Nerd: Book 1
ISBN: 978-85-380-9166-0

1. Literatura infantojuvenil. I. Teixeira, Fabio. II. Procacci, Roberta. III. Título.

2019-1470   CDD 028.5
                                                              CDU 82-93

Elaborado por Odilio Hilário Moreira Junior - CRB-8/9949

Índice para catálogo sistemático:
1. Literatura infantojuvenil 028.5
2. Literatura infantojuvenil 82-93

para minha Grande Mata-crânio
Philip Osbourne

© 2016 Philip Osbourne
Texto: Philip Osbourne
Ilustrações: Roberta Procacci
Publicado em acordo com Plume Studio

© 2019 desta edição:
Ciranda Cultural Editora e Distribuidora Ltda.
Tradução: Fabio Teixeira
Preparação: Carla Bitelli
Revisão: Nathalie Fernandes Peres e Ciranda Cultural

2ª Edição em 2019
3ª Impressão em 2021
www.cirandacultural.com.br
Todos os direitos reservados. Nenhuma parte desta publicação pode ser reproduzida, arquivada em sistema de busca ou transmitida por qualquer meio, seja ele eletrônico, fotocópia, gravação ou outros, sem prévia autorização do detentor dos direitos, e não pode circular encadernada ou encapada de maneira distinta daquela em que foi publicada, ou sem que as mesmas condições sejam impostas aos compradores subsequentes.

PREFÁCIO

Quem não tem um amigo meio desajeitado na escola? Um colega mais tímido, que prefere ficar na dele, sabe? E quem não conhece alguém que gosta das coisas sempre sob controle? Talvez você até tenha um amigo que reúna tudo isso de uma vez – é possível! Por isso é tão fácil se identificar com as aventuras de **Phil Dick**: esse nerd simpático, fã de **STAR WARS** (que conversa com **DARTH VADER**, inclusive) e é praticamente um catálogo ambulante sobre CULTURA POP!

Phil é um garoto gente boa, mas que se mete em uma **grande confusão** quando resolve deixar de ser honesto com ele mesmo e com as pessoas que realmente gostam dele. Por que ele faz isso? Porque talvez não tenha outro jeito de aprender uma lição valiosa se a gente (quase) não estragar tudo antes! E não estou falando da LIÇÃO DE CASA ou DAQUELE ASSUNTO QUE VAI CAIR NA PROVA (esses dá para estudar e se sair bem!), estou falando de aprender coisas que só se conhece mesmo quando... Quando a gente erra, né?

Você se diverte com os dilemas que ele cria e com o turbilhão de desculpas em que esse garoto de 12 anos é capaz de pensar. Se identifica com Phil a cada citação de COISAS NERDS (acredite em mim, tem muita coisa bacana nesse livro), mas o melhor mesmo é entender quem são as pessoas que realmente importam para você – **ALERTA DE SPOILER**: seus amigos de verdade.

No fundo, SOMOS TODOS NERDS: toda vez que a gente se dedica a saber bastante sobre algo que a gente gosta muito, **PLIM**, está ligada a lâmpada nerd bem acima das nossas cabeças!

E cada nerd tem sua NERDICE PREFERIDA: alguns são mais ligados em CIÊNCIA, outros em SUPER-HERÓIS, tem aqueles que só tiram BOAS NOTAS e os que são loucos por TECNOLOGIA, MÚSICA...

E se VOCÊ for o tal amigo desajeitado, ou o meio tímido, ou até mesmo aquele que planeja demais, **não tem problema**. Se ainda não sabe que tipo de NERD você é, fique tranquilo. A **FORÇA** logo, logo vai despertar em você! Enquanto isso, que tal dar boas risadas nas próximas páginas?

Pedro Duarte
Jornalista e escritor

ANTES DE COMEÇAR
UM JOVEM NERD COM ORGULHO
POR **Phil Dick** OU **PHIL, O NERD**

Descobri que eu era nerd no meu aniversário de 12 anos. O presente que pedi para os meus pais foi um KIT LEGO da **ESTRELA DA MORTE DE STAR WARS**. É tipo uma lua pequena com um enorme canhão de laser que pode destruir um planeta com um único tiro. É um presente bem caro!

Se você conhece **STAR WARS**, VAI ENTENDER POR QUE EU ADORO ESSE BRINQUEDO.

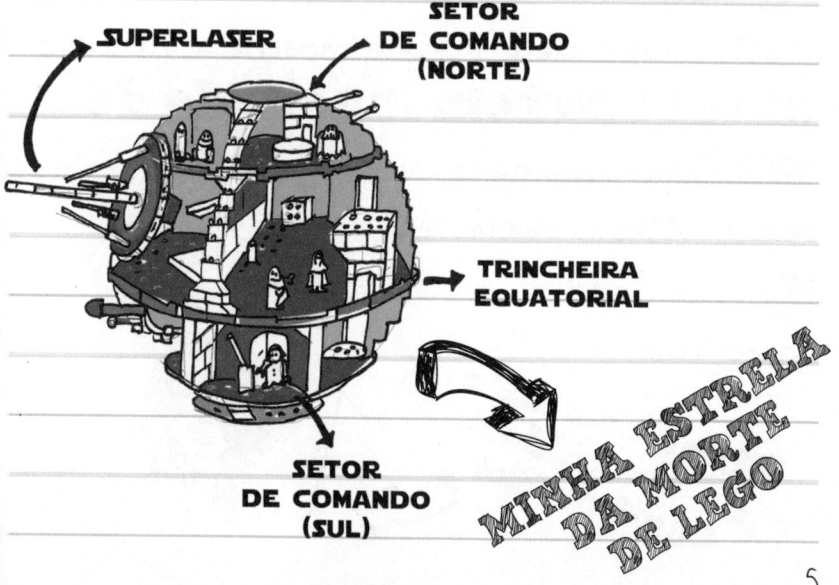

- SUPERLASER
- SETOR DE COMANDO (NORTE)
- TRINCHEIRA EQUATORIAL
- SETOR DE COMANDO (SUL)
- MINHA ESTRELA DA MORTE DE LEGO

Se você não conhece, dê uma olhada no **Guia Nerd** que eu inseri no diário, com os desenhos e legendas, e vai entender. Meu amigo me deu de presente uma camiseta do Demolidor. Fiquei tão contente que quase não consegui me conter, porque **eu adoro** filmes de **FICÇÃO CIENTÍFICA** e **SUPER-HERÓIS!**

Depois, eu e meus amigos assistimos a THE BIG BANG THEORY e nos divertimos muito acompanhando as aventuras do Sheldon, da Penny e de todos os outros personagens. Sem dúvida, essa é a minha série favorita. Gosto muito dela porque mostra a vida de **um grupo bem inusitado de amigos** que adoram compartilhar seus hobbies e interesses. São nerds assim como eu.

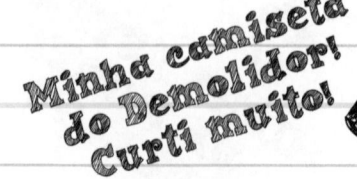

Minha camiseta do Demolidor! Curti muito!

Eu poderia ter feito uma festa diferente para o meu **ANIVERSÁRIO** de 12 anos, mas eu sou assim, um **NERD**.

Adoro usar minha imaginação e acho **bacana** ler livros de física e histórias em quadrinhos, além de assistir aos programas de TV mais esquisitos. **É por isso que às vezes tiram sarro de mim**. Eu faço todas essas coisas incríveis que costumam ser chamadas de "**TONTICES DE NERD**". Já ganhei inúmeros apelidos: Diferentão, CDF DE CARTEIRINHA, Rato de Biblioteca, **EINSTEIN JÚNIOR**, *GEEK DE MEIA-TIGELA*. Mas o que acabou pegando foi simplesmente **PHIL, O NERD!**

Eu queria saber mais sobre o que significava **NERD** e descobri que "**GEEK** e **NERD** são duas PALAVRAS ANGLO-SAXÔNICAS que denotam alguém ávido por novas tecnologias, videogames, internet, smartphones...". **Mas ser nerd é mais que isso. Você precisa saber** que, depois dos anos 1990, **NERD** virou sinônimo de gente **TECNICAMENTE PREPARADA**.

BILL GATES
O nerd que transformou a Tecnologia da Informação

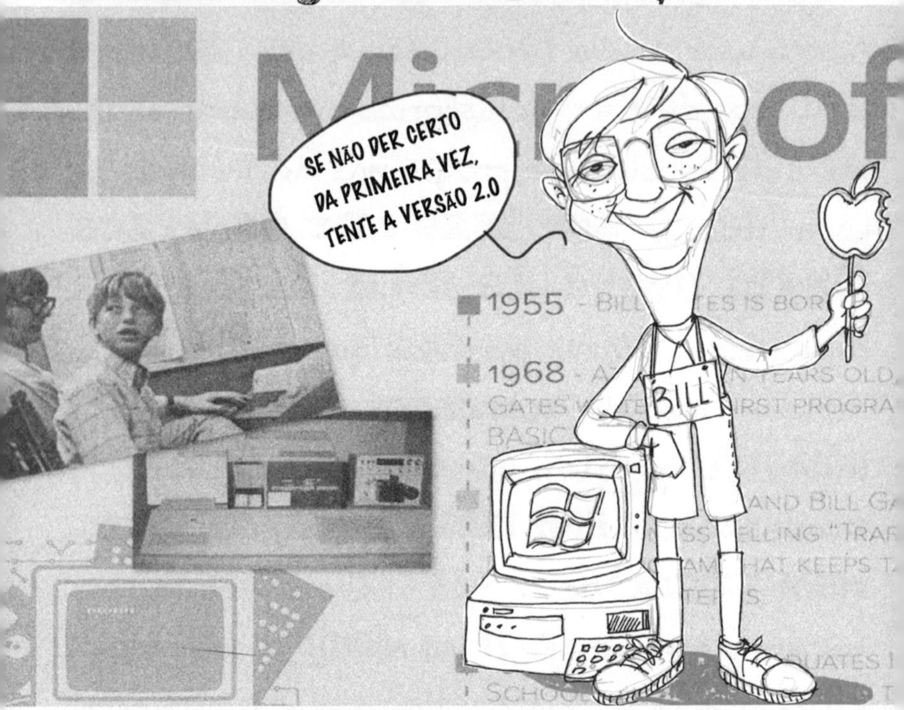

> SE NÃO DER CERTO DA PRIMEIRA VEZ, TENTE A VERSÃO 2.0

O próprio **Bill Gates** sempre foi chamado de **NERD** e, se não fosse por ele, ainda estaríamos usando calculadoras em vez de computadores. Ele que inventou o WINDOWS, afinal!

O criador do LINUX, **LINUS TORVALDS**, descreveu a si mesmo como nerd em sua autobiografia.

O **PROFESSOR GERALD SUSSMAN** do MIT, incentivou as pessoas como eu a ter **ORGULHO** de si mesmas. Ele disse: "Minha ideia é **COMUNICAR ÀS CRIANÇAS** que ser **INTELECTUAL** é motivo de orgulho. Ser chamado de **NERD** na escola não é algo para ficar chateado. Se é assim que chamam alguém que ADORA ESTUDAR e aprender coisas novas, então **QUERO QUE TODA CRIANÇA SEJA NERD.**"

Nós somos esquisitos mesmo! Não posso negar.

Pense no DILBERT, o herói de uma tirinha superdivertida criada por **Scott Adams**.

Quando falamos de coisas não intelectuais, ficamos totalmente perdidos, como ele. Não somos **DESCOLADOS** nem cheios de graça e simpatia.

Nerd dos Simpsons
Jeff Albertson não é um nerd do tipo bonzinho. Ele é um sabe-tudo, mal-humorado e grosseirão... Não exatamente um cara simpático.

Meu desenho

CARA DOS QUADRINHOS!

Dr. Nerd!
PARÓDIA DO DILBERT

FORA! DEMÔNIOS DA ESTUPIDEZ!

DILBERT
DILBERT É UMA TIRINHA CRIADA POR SCOTT ADAMS

Velma Dinkley
NERDS DO PASSADO

Velma é a integrante mais inteligente do Scooby-Doo. Ela é o gênio que resolve todas as investigações.

O Cara dos Quadrinhos dos Simpsons curte gibis e séries de ficção científica, como Star Trek e **STAR WARS** e é um cara bem azedo. ***OS NERDS EXISTEM HÁ MUITO TEMPO!*** Pergunte o que os seus pais acham da **VELMA** do desenho **Scooby-Doo**. Ela era uma nerd. De verdade! Tem uma coisa que vocês precisam saber sobre os NERDS, principalmente os que vivem no mundo da imaginação: quando um **NERD** assume o papel de herói em uma história, ele provavelmente será um super-herói com uma identidade secreta.

EU SOU A VERDADEIRA VELMA OU NÃO?

PETER, O NERD

Peter Parker, o Homem-Aranha,

era o nerd da escola e se tornou um professor de Ciências. Clark Kent é o alter ego do **SUPERMAN**, e trata-se de outro nerd. **CHUCK BARTOWSKI**, da **SÉRIE DE TV**, é um novo tipo de nerd. O que eu quero dizer com tudo isso é que a TV, os filmes e os quadrinhos estão repletos de gente COMO VOCÊ E EU!

Se eu estou enchendo a sua cabeça de nomes que você não conhece, vou dizer mais uma vez: ***VEJA OS DESENHOS E LEGENDAS QUE EU INSERI NO DIÁRIO!*** Eles darão a você uma visão geral do MUNDO NERD. Caso você seja parecido comigo e as pessoas tirem sarro da sua cara, apenas dê risada. Não cometa os mesmos erros que eu cometi. Como você verá nas próximas páginas, **não vale a pena esconder ou fingir** ser alguém que você não é.

Os roteiristas do **FREAKAZOID!** falaram sobre **NERDS** no episódio NERDATOR:

"O que lhes falta em força física sobra em **intelecto**. Quem escreveu os **livros mais famosos**? Quem dirigiu os **sucessos de bilheteria**? Foram os **NERDS**. Quem criou **tecnologias tão avançadas** que ninguém SERIA CAPAZ DE ENTENDER a não ser seu próprio criador? Quem concorre à **Presidência dos Estados Unidos**? Só os **NERDS**." Então, levante a cabeça e orgulhe-se de ser nerd!

Eu sou Phil, mas pode me chamar de **PHIL, O NERD. E tenho muito orgulho disso!**

Chuck Bartowski
CHUCK

Chuck é um nerd. É uma boa pessoa, com os pés no chão. Um dia ele percebe que o seu cérebro é o único local onde estão guardados os segredos mais importantes do governo dos EUA.

ESTÁ PRONTO?

É HORA DE LER O MEU DIÁRIO! O DIÁRIO DE UM NERD!

10 de outubro

Querido **diário**, hoje ouvi o Ted dizer algo, mas antes, QUERO CONTAR um pouco sobre ele. Ele tem uma percepção de tempo esquisita, porque **SEMPRE CHEGA ATRASADO À ESCOLA**, mas VAI AOS SHOWS SEMPRE 8 HORAS ANTES DE ABRIREM OS PORTÕES.

Toda vez que não faz a lição de casa, ele vem com a desculpa de que "**MORREU UM PARENTE**". **ATÉ AGORA, A SUA AVÓ DEVE TER MORRIDO E RESSUSCITADO PELO MENOS UMAS 9 VEZES.**

Um dia ele disse para a nossa professora: "**Eu odeio a escola.** ELA ME TIRA DO SÉRIO. **Quando eu finalmente começo a aprender alguma coisa, é hora de ir para o próximo capítulo!**"

Foi aí que descobri como o cérebro dele está dividido:

5% nomes

3% números de telefone

2% coisas da escola

90% posts do **Facebook**

FUI PEGO NA MENTIRA!

 **Quem é que não curte os posts ou as fotos dos amigos nas redes sociais?**

O Ted é uma **VÍTIMA SOCIAL**. Só para deixar claro, ele não consegue ficar mais de 3 minutos sem conferir as redes sociais. E hoje, quando ele estava saindo da escola, ouvi ele dizer: *"JÁ TENHO 500 AMIGOS NO* **Facebook***!"*

Meu pai me disse um tempo atrás: "Em 42 anos eu não fiz nem cem amigos. Quantos amigos será que uma pessoa consegue ter de verdade? De acordo com Dunbar, são 150. Nem um a mais. Ele era um cientista e disse que esse é o número mais alto de pessoas que conseguimos manter em nosso panorama emocional. Ter mais do que isso seria complicado".

Acho que meu pai tinha razão, então repassei a informação para o Ted. Sabe o que ele fez? Surtou e me tratou como um idiota.

"**VOCÊ É MESMO UM NERD DE OUTRO MUNDO!**", ele disse.

Tudo bem. Posso ter exagerado um pouco com a história do "número exato" do **DUNBAR**, mas eu **ACHO MESMO QUE UMA PESSOA NÃO CONSEGUE TER BILHÕES DE AMIGOS DE VERDADE.**

Eu nunca achei que os meus amigos do **Facebook** tinham que ser amigos de verdade.

Querido *diário*, antes de dizer a minha opinião sobre o assunto, vou explicar como é que funciona.

O objetivo do jogo Clash of Clans é construir uma vila e conquistar o maior número de troféus. O nível mais alto é chegar ao topo da lista nacional ou mundial atacando as vilas de outros jogadores com seu próprio exército, armazenando recursos em seu próprio país e construindo armas para proteção.

Os jogadores se organizam em CLÃS, que são como grupos de usuários.

Jogo legal!

BÁRBAROS SELVAGENS E BARBUDOS, MAGOS, INCENDIÁRIOS... O DESTEMIDO EXÉRCITO DE CLASH OF CLANS.

CLASH OF CLANS

Clash of Clans é um jogo criado pela Supercell para iOS e Android. Ele foi lançado em 2 de agosto de 2012.

Bem, a **amizade** é um tipo de Clash of Clans, em que você interage e colabora com as outras pessoas. Se a vida fosse como Clash of Clans, minha equipe seria composta de **4 pessoas** e um **CACHORRO**, e eu e meus **AMIGOS** seríamos uma versão mais jovem de **The Big Bang Theory**.

Os integrantes da série são pesquisadores que moram em Pasadena: **LEONARD HOFSTADTER**, físico experimental; **SHELDON COOPER**, físico teórico; **HOWARD WOLOWITZ**, engenheiro aeroespacial; e **RAJ KOOTHRAPPALI**, astrofísico. Eles são JOVENS CIENTISTAS que trabalham no **INSTITUTO DE TECNOLOGIA DA CALIFÓRNIA**. Todos eles são inteligentes e "diferentes". Geeks e nerds de verdade, assim como a gente.

Digo isso porque o SHELDON e seus amigos passam o tempo livre exatamente COMO NÓS: lendo histórias em quadrinhos, jogando videogame e RPG e **ASSISTINDO A FILMES DE FICÇÃO CIENTÍFICA E SÉRIES DE TV.** CERTO, JÁ SAQUEI! Você está ficando entediado e quer que eu apresente os meus amigos.

Você tem razão. Afinal, eu sou um **VICIADO EM QUADRINHOS, JOGOS E SÉRIES DE TV!**

SHELDON
físico teórico

UMA LENDA!
THE BIG BANG THEORY

GOSTOU DO MEU DESENHO?

Agora minha equipe! Nós somos QUATRO, além de um **cachorro**. **SOMOS MEIO ESQUISITOS, MAS QUEM NÃO É?** Vou começar com a minha irmã **Ellen**, que tem 8 anos e *uma visão muito refinada de negócios*. Isso mesmo, ela fica imaginando que é dona de uma grife. Você acha normal uma criança de 8 anos ler notícias financeiras? Ela é de dar medo. **Acredite em mim!**

Determinada!

PHIL, ASSIM QUE EU ABRIR A MINHA EMPRESA, QUERO VOCÊ COMO MEU ASSISTENTE.

ELLEN DICK

8 anos de idade

Ela é só uma criança, mas fala como uma ECONOMISTA DIPLOMADA superambiciosa! Ela planeja tudo em detalhes, ao contrário de mim. Ela é determinada e adora ser nossa líder. É a mais nova do grupo, mas ISSO NÃO A IMPEDE DE TOMAR DECISÕES POR TODOS NÓS. Não me pergunte como, mas ela **CONSEGUE PLANEJAR** os nossos dias do começo ao fim. Outra coisa: ela adora gritar para nós: *"ANDEM LOGO! JÁ É QUASE AMANHÃ!"*.

Ela é obcecada por otimizar e ganhar tempo. Como se tivesse uma agenda lotada aos 8 anos. LOUCURA!

O membro nº 2 é o **George**, também conhecido como "**TWITTERZINHO**". Ele tem 14 anos, é 2 anos mais velho que eu e sonha em virar o próximo **Zuckerberg**.

Mark Elliot Zuckerberg é um cientista da computação e empresário norte-americano. Ele é um dos cinco criadores do Facebook.

QUER SABER qual é a do apelido? Fácil! O George não fala muito. Ele tem um limite de 140 caracteres. É isso mesmo, ele escreve como se estivesse tuitando alguma coisa.
Ele é conciso e, se fosse possível, só usaria **EMOJIS** 🙂 para se expressar.
É o aluno perfeito: nota dez em informática, mas péssimo em esportes. É meio desajeitado e anda como se fosse esmagar uma minhoca com o pé. É um sujeito bem divertido. Ele me lembra o Chewbacca de **STAR WARS**.

MEU GEORGEBACCA É TERRÍVEL! VOCÊ PODE VÊ-LO NO GEORGE WARS!

CDF!
GEORGE EVERETT
14 anos de idade

ESTE NÃO SOU EU!
George

Os pais do George são obcecados por simetria. São engenheiros e sempre o deixam alinhado com tudo o que tem na casa.

O terceiro membro da nossa equipe é o **Nicholas**. Ele tem a minha idade, adora ver futebol na TV e vive procurando no **GOOGLE** a Ann "Dança" no tablet. É uma garota por quem ele é completamente apaixonado. Mas ela nunca vai saber disso, **PORQUE ELE É MUITO TÍMIDO.** Tipo, muito mesmo. Quando ele vê uma garota, corre o mais rápido possível para não ser nem mesmo reconhecido. É por isso que ele usa um **SACO DE PAPEL NA CABEÇA.** Acho que ele não quer mostrar como fica envergonhado. Mas sabe o que é engraçado nele? **Suas ideias LOUCAS.** O **NICHOLAS** é muito inteligente, embora nem sempre faça **BOM USO DE SEUS TALENTOS.** Vou contar uma das coisas que ele sabe fazer. Ele inventou um tablet **À PROVA DE RAIOS.** Só não sei quem é que usaria um

25

iPad no meio de uma TEMPESTADE arriscando ser eletrocutado.

Nas últimas férias ele passou **UM MÊS INTEIRO TRABALHANDO EM UM PROJETO:** ele inventou uma balança que pesava cada pessoa que entrava e saía de uma loja. **Por quê?** Simples assim: **ELE QUERIA PEGAR LADRÕES.**
Como? Sua balança pesava e registrava todas as pessoas que entravam e saíam da loja quando estavam no caixa. Se alguém estivesse pesando mais na saída do que na entrada e não passasse pelo caixa, a balança dispararia um alarme. **Era uma invenção perfeita!**
A balança era de alta precisão e todas as características das pessoas eram salvas em um computador. **NÃO É GENIAL?**
Mas **NA VERDADE ERA UM ABSURDO! Por quê?** Porque se algum marido estivesse segurando a bolsa da esposa por um instante ou alguém tivesse comido alguma coisa durante as

compras, seu peso aumentaria e a balança dispararia o alarme. **SUA INVENÇÃO BASICAMENTE ERA FASCINANTE** e ao mesmo tempo **ESTAPAFÚRDIA!** **NÃO PRESTAVA PARA NADA!** O Nicholas tinha passado quase as férias inteiras produzindo algo totalmente sem valor! Ele fez um projeto brilhante, porém inútil. **Isso é muito a cara do Nicholas.**

NICHOLAS LEE
12 anos
de idade
Tímido!

O 4º membro não é um ser humano: é **MEU CACHORRO**, o **Teo Messi!** Ele é Messi igual ao jogador do Barça, porque sempre que vê uma bola ele fica maluco. Meus pais deram o Teo de presente para a **ELLEN QUANDO ELA PERDEU SEU PRIMEIRO DENTE DE LEITE.**

Meu cachorro não é como o Brian, da série **UMA FAMÍLIA DA PESADA**, ele não sabe falar nem dirigir e é **MUITO BONZINHO COM OS MEUS AMIGOS** e comigo. Mas é meio arisco com desconhecidos.

Ele **SERIA** um cachorro normal se não fosse por sua tendência a roubar coisas. Ele tem mais características humanas do que seria de se esperar, pois faz as mesmas coisas que a gente. Principalmente as coisas que não devemos fazer.

Brian

BRIAN é um dos protagonistas da série Uma Família da Pesada, uma animação criada por Seth MacFarlane em 1999 para a Fox.

Meus pais **não fazem parte da minha equipe**, mas **FAZEM PARTE DA MINHA VIDA** e eu vou contar um pouco sobre eles.

Lenny e **Marilyn** não são muito parecidos com os pais dos meus amigos. Bem, **ISSO É MENTIRA**. Eles não são **NADA** parecidos com os pais dos meus amigos.

Minha mãe é **a única mulher no mundo** que não quer que o filho sue ao praticar esportes. Se eu começar a **correr** em uma praia no verão, ela grita: "**NÃO SUE, QUERIDO!**". Devo ter suado muito quando **CRIANÇA!**

Se eu ficar no banheiro mais de 3 minutos, ela liga para o **CORPO DE BOMBEIROS**. Ela é um tanto exagerada na criação dos filhos.

A MINHA MÃE FICOU FAMOSA quando criou uma linha bem-sucedida de camisetas com frases irônicas e sarcásticas. Os blogs e revistas estão até dizendo que ela é **MUITO DESCOLADA**. A página do **Facebook** dela alcançou **100.000**

CURTIDAS e as frases das camisetas dela estão entre as **HASHTAGS MAIS TUITADAS**. Seus **CADERNOS DE DESENHOS, CAMISETAS** e **FOTOS DE FAMÍLIA** estão no Pinterest. Ela sempre se dedica a criar ideias "*exclusivas*".

LOOOOOOOOUCA!

FRASE QUE A MINHA MÃE MAIS FALA:

NÃO SUE!

DUAS DAS CAMISETAS DA MINHA MÃE:

FAREI O BEM SE VOCÊ FIZER TAMBÉM!

FAREI O BEM SE VOCÊ FIZER TAMBÉM!

Confesso que não entendo bem de onde vem o sucesso das camisetas da minha mãe, mas as pessoas as acham bem engraçadas. É claro que elas não sabem que o que eu enxergo em cada camiseta é a frase: "**NÃO SUE!**".

Meu pai era GERENTE DE LICENCIAMENTOS de uma empresa que fabricava JOGOS de cartas até SE CANSAR DE VENDER DIREITOS AUTORAIS. Então DECIDIU CRIAR um site sobre ufologia, no qual escreve histórias e relatos sobre ETS.

Ele estava de saco cheio de TRABALHAR COMO GERENTE, por isso saiu do emprego e COMPROU um estúdio longe da cidade, onde escreve histórias e ensaios sobre OVNIs. Seu ÚLTIMO LIVRO é vendido na Amazon e eu acho que as pessoas adoram ler sobre as pesquisas e ideias dele. Ele não é um pai qualquer. TEM UM SENSO DE HUMOR BEM PECULIAR, você nunca sabe se ele está brincando ou FALANDO SÉRIO. Lembro que uma vez ele disse tranquilamente para um velho grupo de amigos: "Os ETS estão entre nós. Eles buscam formas de vida inteligentes, superiores e refinadas. RÁPIDO! ESCONDAM-SE!"

Todos olharam para ele em choque por um

instante, até que começaram a rir quando **ENTENDERAM QUE ERA PIADA.** Só para vocês **CONHECEREM MAIS UM POUCO MEU PAI,** aqui vai outra história: um dia ele estava me levando para a **ESCOLA** e, quando ele estacionou o carro, **PERGUNTEI SE ELE ACREDITAVA MESMO EM ETs.**

A resposta dele foi: "**Os OVNIs são REAIS. A aviação, NÃO**".

Então perguntou: "**POR QUE OS ETS NÃO OUVEM MÚSICA?**".

"**NÃO SEI, PAI!**", respondi.

Aí veio a piada: "**PORQUE O DISCO É VOADOR**", ele disse ironicamente. Ele é todo engraçadinho!

Outra vez ele me perguntou: "**PHIL, SABE QUAL É O LUGAR FAVORITO DE UM ET NO COMPUTADOR?**".

Ele me pegou de novo.

"**A barra de espaço!**", gritou ele.

OS OVNIS!

ET

POSSO RELATAR A MINHA VIDA DE ET?

37

Sou Phil,

Phil Dick, tenho o mesmo nome do famoso escritor que escreveu Minority Report, Blade Runner e muitos outros livros. Mas é só uma coincidência, não somos parentes.

PHIL DICK, escritor

Philip Kindred Dick era um escritor norte-americano. Quando vivo, era conhecido somente no mundo da ficção científica, mas depois tornou-se muito mais valorizado pelos críticos e ganhou mais admiradores.

Eu sou de **Manhattan**. Sim, faço parte dos 8 milhões de pessoas que vivem na área comercial de **Nova Iorque**. Eu moro em Midtown, que fica bem perto do ROCKEFELLER CENTER, da BROADWAY e da TIMES SQUARE. Da minha casa consigo ver os edifícios mais famosos e os prédios mais altos, o EMPIRE STATE BUILDING e o 432 PARK AVENUE. Philip Dick nasceu em CHICAGO, a propósito.

Eu adoro matemática, física e o cubo mágico (resolvi em 16 segundos). Meu sonho é um dia ser como o **Albert Einstein.** Também espero ter a oportunidade de conhecer o **Stephen Hawking** e conversar sobre algumas teorias que terei desenvolvido na ocasião.

TODOS ESSES FATOS QUE ACABEI DE MENCIONAR NÃO ME AJUDAM A LIDAR COM OS VALENTÕES NA ESCOLA. Há duas semanas tentei fazer amizade com um menino. Eu perguntei para ele: "O QUE VOCÊ SABE SOBRE AS TEORIAS DE ARQUIMEDES?".

Eu queria puxar assunto, mas ele respondeu: "Cara, eu não tenho nada a ver com essa parada! Foi ele que começou!".

A essa altura você já deve ter percebido que, para mim, estudar não significa se distrair mandando mensagem, comendo, navegando na internet e assistindo à TV enquanto lê um livro.

Eu adoro números e gosto de estudá-los e interpretá-los. Por exemplo:

> **Eu nasci em 23/05/2003**
>
> 23 é composto de 2 e 3.
> 2 + 3 = 5, e esse é o mês em que eu nasci.
> Meu ano de nascimento é 2003,
> que é 2 + 3 = 5.
> Todos os números da minha data
> de nascimento levam a 5.

Está me achando doido? Pois eu não sou! Só sou fissurado por encontrar e interpretar coincidências. **E É POR ISSO QUE AS PESSOAS NA ESCOLA ESTÃO SEMPRE TIRANDO SARRO DE MIM.** Nunca fui o palhaço da escola. Sempre estive mais para o trapezista, porque vivo suspenso! E isso não é nada engraçado! Não tem graça nenhuma sentir o peso das leis da gravidade! **POR ISSO DECIDI MUDAR.**

Se eu conhecesse...
o STEPHEN HAWKING,

você acha que as minhas perguntas iriam incomodá-lo?

SOCORRO!

41

QUE TIPO DE MUDANÇA? Prometo que vou contar. Uma coisa que você precisa saber é que tudo começou com uma frase do Albert Einstein: "**A LÓGICA LEVA VOCÊ DE A A B. A IMAGINAÇÃO LEVA VOCÊ A QUALQUER LUGAR..**".

LAUREN

A menina mais bonita!

ALBERT EINSTEIN
A teoria da relatividade

Meu herói!

UM EXEMPLO DA TEORIA DA RELATIVIDADE: SE VOCÊ SE SENTAR AO LADO DA MENINA MAIS BONITA, O TEMPO VAI PASSAR DEPRESSA. SE VOCÊ SE SENTAR EM UM FORNO, UM MINUTO VAI PARECER MAIS DE UMA HORA. ISSO É RELATIVIDADE.

$E=mc^2$

Irônico!
Divertido!
BACANA!

EU, LAUREN E A MINHA INAPTIDÃO

Eu não tenho namorada, mas acho a **LAUREN INCRÍVEL**. Ela é da minha sala. **Adoro quando ela usa saia jeans e brincos em formato de estrela.** Eu adoraria ter óculos em formato de foguete para entrar na galáxia dela. Tentei conversar com ela algumas vezes, e em uma delas consegui! Disse a ela que a experiência de **MICHELSON-MORLEY** demonstrou que com referência à velocidade da luz não há deslocamento das bandas de interferência. **MAS ACHO QUE ELA NÃO GOSTOU MUITO** da minha cantada. Eu queria ser um cara com iniciativa, forte e corajoso! Queria ser como um ANGRY BIRD e agir sem pensar duas vezes, mas simplesmente não consigo... Então eu normalmente desisto e volto aos números. As garotas me deixam **PARALISADO!**

Como
ANGRY BIRDS
eu cairia na Lauren e conversaria com ela!

nerd BIRD

11 de dezembro

Hoje fui à biblioteca e topei com a **Lauren**. Parecia que ela estava **ME ESPERANDO**. Eu queria ter falado para ela que, ao lado da **LOJA DE QUADRINHOS**, no mesmíssimo cinema onde a vi pela primeira vez com seus pais, estava rolando uma maratona de Star Wars. **EU QUERIA TER CONVIDADO A LAUREN PARA ASSISTIR COMIGO**. Ela estava a menos de um metro de mim e **meu coração** começou a bater feito uma **bateria**, então mudei para o modo "preciso ir ao banheiro". Não consegui falar nada. **E SE ELA DISSESSE QUE EU ERA LOUCO, LUNÁTICO E UM CDF DESLOCADO?** Não consegui falar nem uma palavra, então só saí correndo **FEITO UM IDIOTA**. Por sorte o **Teo** estava comigo e me consolou com **ALGUMAS LAMBIDAS**.

Como posso ser um nerd tão amarelão?

BAZINGA!

16 de dezembro

Hoje sonhei com o **DARTH VADER**! Ele parecia tão real que deu até medo! **Não acredito que foi só um sonho!** Ele se aproximou da minha cama, com sua voz ofegante.

– O que você quer? – perguntei.

– **SUA FALTA DE FÉ ME INCOMODA** – ele respondeu. **Você não pode ser de verdade!** – **É HORA DE VOCÊ EMPUNHAR UMA ESPADA PARA MOSTRAR AO MUNDO O VERDADEIRO LADO NEGRO DA FORÇA** – ele ordenou, zangado.

Como era possível o **DARTH VADER**, um personagem imaginário, me visitar no sonho e dizer o que devo fazer? **Levantei da cama e vi uma notificação de e-mail no meu iPad.** Era uma propaganda de novos cursos de esgrima.

MEU SONHO COM DARTH VADER
A ESTRANHA APARIÇÃO

FIQUEI UM TEMPÃO NO BANHEIRO... NÃO ESTOU ME SENTINDO MUITO BEM. ENTÃO PRESTE ATENÇÃO AGORA. JUNTE-SE A MIM E VAMOS REINAR SOBRE A GALÁXIA, COMO PAI E FILHO.

FAREI O QUE FOR NECESSÁRIO. MAS SÓ DEPOIS DE IR AO BANHEIRO! COMI ALGUMA COISA QUE NÃO ME CAIU BEM.

ESPERE AÍ!!!!!!!!
VAMOS DAR UMA PAUSA NO DIÁRIO!

DARTH VADER

> EU SOU APENAS SEU SONHO! PRECISO FALAR COM O GEORGE LUCAS. NÃO POSSO FICAR NESTE DIÁRIO! OU POSSO? SIM, EU POSSO, PORQUE SOU DE MENTIRA!

VOCÊ SABE QUEM EU SOU?
SOU O ANAKIN SKYWALKER DA IMAGINAÇÃO DO PHIL. SOU O SITH DARTH VADER EM STAR WARS E, APESAR DO QUE GEORGE LUCAS DIZ SOBRE MIM, SOU O HERÓI DE TODA A FRANQUIA E UM DOS ÚNICOS QUATRO PERSONAGENS QUE PARTICIPAM DE TODOS OS SEIS PRIMEIROS FILMES DE STAR WARS, JUNTO COM OBI-WAN KENOBI, C-3PO E R2-D2.

FOI UM SINAL?

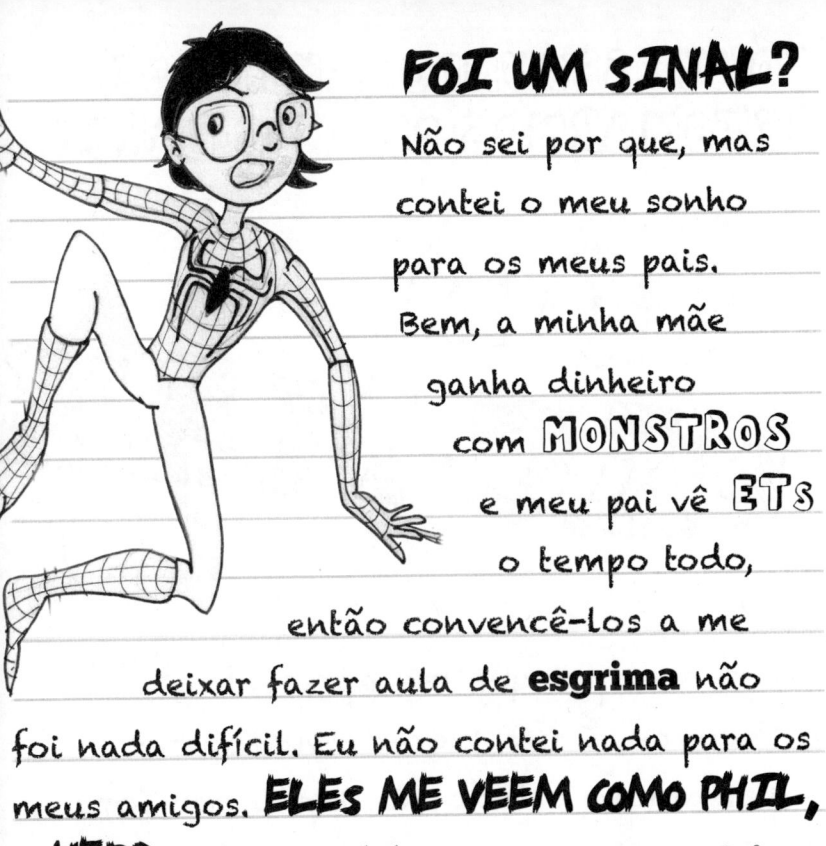

Não sei por que, mas contei o meu sonho para os meus pais. Bem, a minha mãe ganha dinheiro com **MONSTROS** e meu pai vê **ETs** o tempo todo, então convencê-los a me deixar fazer aula de **esgrima** não foi nada difícil. Eu não contei nada para os meus amigos. **ELES ME VEEM COMO PHIL, O NERD**, o rato de biblioteca. Como o Peter Parker do Homem-Aranha. Eles nunca me imaginariam como um **ESPORTISTA, MUITO PELO CONTRÁRIO!** Eles provavelmente pensam que eu sou um velho *Pac-man*, correndo por labirintos e **COMENDO MORANGOS.**

SÓ UM SEGUNDO, ANTES DE RETOMARMOS DE ONDE PAREI...

PAC-MAN

Foi o meu pai que me apresentou o Pac-Man. É um jogo de videogame superfamoso criado no Japão por Toru Iwatani em 1980, em formato fliperama. Muitas versões foram criadas mais tarde para PC e quase todos os consoles, o que fez dele o jogo mais conhecido de todos. O jogador controla o Pac-Man dentro de um labirinto, onde ele come Pac-Dots, ou seja, pequenos pontos na tela. Quatro fantasmas o perseguem no labirinto. Se algum deles toca o Pac-Man, ele perde uma vida. É muito MANEIRO!

18 de fevereiro

Hoje ficamos na minha casa.
O George estava bem **EMPOLGADO**, mas não entendi por quê. Ele ficava dizendo que nosso grupo tinha que ter um nome para as **OLIMPÍADAS DE MATEMÁTICA E CIÊNCIAS: O TRIO NERD**. Ele disse que o **Nicholas**, ele e eu tínhamos que vencer os alunos do ano passado! Mas eu sabia que não seria tão fácil assim!

- **NÓS VAMOS GANHAR DELES! JUNTOS SOMOS TÃO BONS QUANTO OS COMPETIDORES DO ANO PASSADO. VAMOS NOS PREPARAR BEM E PEGÁ-LOS DE SURPRESA! ELES NÃO VÃO NOTAR A NOSSA APROXIMAÇÃO! NÃO SOMOS NADA ALÉM DE CRIANÇAS PARA ELES** - disse o George.

- Também fiz nossos trajes espaciais para as olimpíadas, no **estilo Star Trek**. Temos outro uniforme também do tipo **Call Of Duty** - o Nicholas acrescentou.

- **QUEM FOI QUE PAGOU POR ISSO?** - perguntei.

O TRIO NERD

ELES FICARAM ENGRAÇADOS, NÃO?

OS UNIFORMES PARA AS OLIMPÍADAS

A Ellen deu uma risadinha enquanto brincava com o Teo.

— **FINANCIAMENTO COLETIVO**, é óbvio — ela disse com os olhos brilhando. — **FINANCIARAM NOSSO PROJETO NA INTERNET DEPOIS DE VEREM O DESENHO DO UNIFORME QUE O NICHOLAS FEZ.** Agora só precisamos **GANHAR O PRIMEIRO LUGAR**, vender o Mac que os vencedores vão ganhar e então pagar os nossos investidores!

— *Que medo da sua irmã!* — disse o George. — MAS ELA ESTÁ CERTA!

Eu não sabia o que dizer.

O Mac da vitória!

Eu tinha que treinar para o primeiro torneio de esgrima da cidade e não queria que a Lauren risse de mim quando eu ganhasse a **COPA INTERNACIONAL MEGANERD DO ANO**. Ela poderia pensar que eu não passava de um supernerd e nunca me acharia interessante. Como é que alguém acharia interessante um cara que acabou de vencer as Olimpíadas de Matemática e Ciências? Mas então vi a expressão no rosto da minha irmã e dos meus amigos e percebi que **EU PODIA FAZER QUALQUER COISA QUE QUISESSE SE AS DUAS REALIDADES SE MANTIVESSEM PARALELAS.**

Querido *diário*, você acabou de conhecer a minha equipe, os meus **amigos** de verdade! Aqueles que ganhariam uma **curtida** no **Facebook** em qualquer coisa que postassem. **O RESTO É SÓ CONHECIDOS COM QUEM EU CONVERSO PELO BATE-PAPO.** O que o meu pai e o Ted disseram me fez pensar um pouco sobre mim... Eu não sou nada além de um **NERD** para a escola inteira, mas e daí? **ELES NÃO ME CONHECEM DE VERDADE!** *MEUS VERDADEIROS AMIGOS SABEM TUDO SOBRE MIM E MESMO ASSIM GOSTAM DE QUEM EU SOU!*

A Ellen, o Nicholas e o George são meus **MELHORES AMIGOS** e eu não preciso esconder nada quando estou com eles. **POSSO SER EU MESMO PORQUE ELES SÃO SINCEROS E VERDADEIROS COMIGO.** Eles fazem parte da **MINHA VIDA** e eu faço parte da vida deles. Nós passamos tempo juntos e compartilhamos **sonhos**, e eles não acham que meus hobbies são ridículos ou que eu sou um chatão. Temos os mesmos interesses. Talvez **DUNBAR** estivesse errado... Acho que é possível ter mais de **150 amigos**, afinal.

Se for verdade, **QUERO QUE MEUS AMIGOS SEJAM COMO A MINHA EQUIPE!** *Uma equipe de nerds...* mas **NERDS MUITO ESPECIAIS!**

PHIL

AAARHHH!

58

Nota do Phil

Pausa rápida. Pare de ler!

Como resolvi lançar o meu diário na íntegra, você deve saber que tudo começou nos dias que vou descrever agora, então... **leia com atenção o que vou dizer!**

Após encontrar a Lauren, decidi fazer algo muito estúpido. **A partir daquele momento comecei a contar mentiras... MUITAS mentiras!**

Diz um velho ditado russo: "As mentiras o levarão a qualquer lugar, menos ao passado".

Eu queria ter ouvido isso antes... Na hora achei que minha cabeça me ajudaria a sair de qualquer situação de risco, mas eu estava errado. **Superestimei as minhas habilidades e não tinha noção de como as coisas se complicariam.**

Geralmente mentimos quando temos medo de coisas que não conhecemos, do que as outras pessoas podem pensar ou do que descobrimos sobre nós mesmos... **Mas a verdade é que ficamos mais fracos toda vez que mentimos** e os nossos temores ficam mais fortes.

Não demorou muito para eu entender a confusão em que havia me metido com todas aquelas mentiras. Se existe algo pior do que Motoqueiro Fantasma, é a mentira!

Motoqueiro Fantasma é um filme terrível!

21 de fevereiro

Hoje tive meu **PRIMEIRO** combate de esgrima! Era um **CAMPEONATO MUNICIPAL**, com quase **250 COMPETIDORES**. Muitos deles eram bem mais preparados do que eu **TÉCNICA E FISICAMENTE**, então achei que **não teria nenhuma chance de vencer**. Antes de entrar na pista, pensei em todas as coisas que tinha aprendido nos meus **DOIS PRIMEIROS MESES DE TREINAMENTO**: eu sabia o que era balestra, flecha, estocada e resposta. Estava bem ciente de que tinha escolhido a espada e a única coisa que tinha de fazer era atingir qualquer parte do corpo do meu oponente. Eu estava com muito **MEDO**, mas a máscara escondia o meu rosto. Sempre fui Phil, o Fraco. Digo, **PHIL, O NERD**. E se as coisas não acabassem perfeitamente bem, como acontece com os números? Para mim sempre foi fácil lidar com números...

Antes do duelo eu fui ao banheiro pela décima vez e lá encontrei o Darth Vader de novo.

– **ENTÃO NOS ENCONTRAMOS DE NOVO, SABICHÃO!** – ele disse. Achei que tinha sido por causa dos cogumelos que comi no almoço. Nada mais poderia explicar essas alucinações!

– **AGORA É A SUA HORA. EU ESTAVA ESPERANDO POR VOCÊ, OBI-WAN. VOLTAMOS AO INÍCIO DE TUDO. QUANDO DEIXEI VOCÊ, EU ERA APENAS UM ESTUDANTE, MAS AGORA SOU O MESTRE.**

Eu achei que ele era só um doido repetindo frases do filme.

– Mas eu não sou o Obi-Wan – respondi.

– **VOCÊ TEM QUE LUTAR!** – ele ordenou.

– Não estou tecnicamente preparado, mas posso tentar.

– **FAÇA OU NÃO FAÇA. TENTATIVA NÃO HÁ.**

Pensei no que o Obi-Wan Kenobi diria e respondi:

– Apenas um Sith fala em termos

STAR WARS É SÓ UM FILME. CERTO? SR. DARTH VADER, VOCÊ É DE VERDADE?

Então entrei na pista.

Após 16 rounds fui declarado vencedor.

Não sei como isso aconteceu, mas pelo visto eu ganhei! **AGORA SOU PHIL, O CAMPEÃO DE ESGRIMA.**

> MEU NOME É MIKE WAZOWSKI... ALIÁS, MIKE DICK!

> EU SOU MIKE WAZOWSKI!

absolutos. Farei o que cabe a mim. Esse esporte é demais, e **tenho um talento natural para ele. EU ADORO ESPORTES E COMPETIÇÕES.** Mas não quero que os outros **SAIBAM QUE O NERD VIROU UM VENCEDOR.**

Não posso deixar que saibam isso… então, antes de **SUBIR NO PÓDIO PARA RECEBER O MEU PRÊMIO, TIVE UMA IDEIA REPENTINA.** Encontrei uma blusa que alguém chamado **MIKE** deixou na pista e a vesti. O nome dele estava escrito em letras gigantes na parte de trás da blusa. Tirei meus óculos e foi só aí que bateram uma foto de mim. **AGORA TENHO ALGUMAS FOTOS NO NOVO perfil do Facebook DO MIKE, O CAMPEÃO DE ESGRIMA. Eu menti** para todos porque não queria que meus amigos nerds pensassem que eu sou esportista e nem que os outros esportistas rissem de mim porque eu sou um nerd. **Todos os nerds** dos quadrinhos têm uma identidade secreta!

A MINHA AGORA É MIKE!

Afinal, NINGUÉM NUNCA DESCOBRIU QUE O CLARK KENT É O SUPERMAN! SERÁ QUE ESTÃO MALUCOS? É SÓ TIRAR OS ÓCULOS DELE E DAR UMA BAGUNÇADA NO CABELO! E NINGUÉM NUNCA O RECONHECEU? COMO É POSSÍVEL?

Se eu usasse uma CALÇA APERTADINHA DE SUPER-HERÓI, até o Teo descobriria quem eu sou e me diria que eu pareço UM DOIDO DE PIJAMA.

O Phil de calça apertadinha não seria nada além do **NERD** de sempre. Mas e o PHIL SEM ÓCULOS, com a blusa de outra pessoa, cabelo molhado e um troféu na mão?

Bem, isso é diferente. Quem descobriria que sou eu? **MEU LUGAR É JUNTO COM OS LIVROS, NÃO NA ACADEMIA.** *Esse não é o meu habitat!* Mas com o Mike, meu novo primo, é diferente. **BEM-VINDO À MINHA VIDA, MIKE!** Bem-vindo às minhas redes sociais e, muito em breve, à vida da Lauren. Eu sei que consigo!

O TEO É UM CHIHUAHUA

> ESTOU FAREJANDO PROBLEMAS! O PHIL E O MIKE SÃO A MESMA PESSOA! COMO ELE VAI LIDAR COM ISSO? VAI TERMINAR EM CONFUSÃO. ELE DEVERIA DIZER A VERDADE. NÓS, OS DOGUES ALEMÃES, NÃO GOSTAMOS DE MENTIRAS.

Oi, você conhece o **Usain Bolt?** É o corredor que correu **100 METROS EM MENOS DE 10 SEGUNDOS!**

A grande **Valentina Vezzali TAMBÉM É DETERMINADA**, pois ganhou muitas competições de esgrima! Eu gosto de pessoas que se esforçam e querem bater recordes! Eles adoram desafios!

USAIN BOLT

É só uma mentirinha, totalmente inofensiva. Nunca achei que esporte dava tanta emoção. **É PRECISO MUITA DETERMINAÇÃO** para vencer todas as partidas, e eu nunca achei que conseguiria! Se o Homer Simpson tivesse me visto na competição, diria: "NÃO IMPORTA VENCER OU PERDER, E SIM O QUÃO BÊBADO VOCÊ FICA"... Mas ele é **LOUCO**. É claro que participar é importante, mas, se eu tivesse ficado em segundo lugar, não teria ganhado prata... Eu teria perdido o ouro, não é?

De qualquer forma, fiquei em primeiro lugar **NA MINHA PRIMEIRA COMPETIÇÃO.** É provável que eu perca muitas competições pela frente, mas com certeza tive um **BOM COMEÇO!**

SÓ PRECISO CONTINUAR TREINANDO E ME PREPARANDO PARA MEUS OPONENTES.

CORAÇÃO OU CUBO?

> CONSIGO RESOLVER O CUBO MÁGICO EM 16 SEGUNDOS. ÓTIMO. AGORA, ALGUÉM PODE ME DIZER COMO CONQUISTAR O CORAÇÃO DA LAUREN?

O meu objetivo principal agora é ganhar **o próximo Troféu Nacional**. Mas, primeiro, quero conquistar o **CORAÇÃO** da Lauren. Como você já deve ter percebido, eu tive uma **ótima ideia**. O **Mike** poderia conquistar a Lauren! **ELA SEQUER OLHA PARA MIM, PORQUE SOU UM NERD!** Mas acho que um campeão de esgrima menos intelectual com certeza chamaria a atenção dela!

As garotas nem me veem. **Eu sou invisível para elas**, e elas nunca acreditariam que eu sou um esportista campeão. As Olimpíadas de Matemática e Ciências são daqui a dois dias, e já fico imaginando o que todos vão dizer: "**EI, NERD! QUEM VOCÊ ESTÁ NAMORANDO AGORA? OS NÚMEROS?!**". Eles também vão tirar sarro de nós por causa dos nossos trajes espaciais de STAR TREK e CALL OF DUTY. Eu **ADOREI OS UNIFORMES E ADORO CIÊNCIAS**, física e matemática, mas **INSULTOS NÃO** vão me fazer parecer **POPULAR NEM DESCOLADO**, muito menos para a Lauren. Para conquistá-la, preciso **introduzir o Mike** na vida dela.

Eu tenho o plano perfeito, e as **REDES SOCIAIS** vão ser muito úteis... **SÓ VOU PRECISAR DE DOIS CLIQUES** para criar um **NOVO PERFIL**, outros dois para abrir um site falso com

f Mike

Você para sempre

DIÁRIO SOBR

STATUS FOTOS

ONDE VOCÊ MORA?

APAIXO

notícias falsas sobre o **MIKE** e mais dois cliques finais para "curtir" a página e as fotos do meu **QUERIDO PRIMO IMAGINÁRIO**.
Depois de enviar uma solicitação de amizade para a Lauren, vou convidá-la para sair.
Aliás, eu não, o Mike.
Simples assim! Daí vou poder cortar a corda e me aproximar da doce **LAUREN** igual o Om Nom faz no jogo.

Mike | Home

Backstage

👍 EU CURTO OS LIVROS DE PHILIP OSBOURNE

FOTOS | OUTROS

JOE DANTE É LEGAL!

12 de março

Fiquei o dia todo no meu quarto LENDO UM GIBI ANTIGO do **Homem-Aranha**. Era uma reimpressão do primeiro gibi escrito por **STAN LEE** e ilustrado por **STEVE DITKO**. Nessa história, o **PETER PARKER** mentia para todo mundo e as coisas não acabaram bem para o tio Ben... Eu dei uma folheada e parecia que estava olhando no espelho. Eu não sabia se devia contar para os meus amigos que eu era um **campeão de esgrima**, pois os meus amigos nerds não entenderiam, e os esportistas não me respeitariam, porque me veriam como um INTRUSO no mundo deles. Está se perguntando por que eu não me aproximei da Lauren? Eu quero conquistá-la, mas... **ELA NUNCA OLHARIA PARA UM NERD.**

Ela era namorada **DO TED**! Ele é o capitão do time de futebol americano e tem mais cara de lutador do que de nerd. A Lauren só conversa com os atletas, não com os nerds.

Todo mundo na escola sabe que o apelido do Ted é **MISTER MISTÉRIO**! Sabe por quê? Ele parece um **LUTADOR DA WWE**, então tenho certeza de que, se soubesse que eu gosto da Lauren, ele me esmagaria com um mergulho do cisne.

O Mergulho do Cisne

Faz meses que eu imagino o Ted como um dos personagens da ZOMBIE FARM. Nos meus pesadelos, ele **CORRE** atrás de mim para me arrastar para o mundo dos mortos-vivos só por eu ter olhado para a Lauren.

Eu tinha certeza de que ela só se apaixonaria por um sujeito VALENTE e ATLÉTICO. Eu queria jogar as cartas certas com a Lauren e talvez conseguir revidar o ataque de algum valentão.

NÃÃÃÃÃOOO!!!

Pausa, caso você não saiba o que é Zombie Farm.

Trata-se de um jogo cujo objetivo é treinar um exército de zumbis com superpoderes para conquistar o mundo o mais rápido possível! Cansado de lutar contra zumbis? Lute COM eles! É esse o espírito!

> Você olhou para a minha garota, por isso vai conhecer os zumbis. Aqui nós assistimos a The Walking Dead SÓ para relaxar!

Comecei a pensar seriamente nos heróis nerds famosos.

Por exemplo, o **PETER PARKER** não é só o intrépido **Homem-Aranha** subindo pelas paredes, ele é um bom aluno e com certeza um ávido leitor. Não acho que os posts do **Facebook** dele seriam assim: "DE DIA EU SOU O **Peter Parker**, UM GÊNIO DESAJEITADO, MAS À NOITE EU SOU UM SUPER-HERÓI QUE COMBATE VILÕES COMO O DR. OCTOPUS".

Os inimigos dele não o deixariam em paz... Ele passaria o dia inteiro apagando os posts cruéis de seus oponentes!

f	Peter Parker 🔍	Peter	Home

COMPRE FLORES ONLINE

DIÁRIO | SOBRE | AMIGOS | FOTOS | OUTROS ▼

ONDE VOCÊ MORA? ✕ | STATUS FOTOS
O DR. OCTOPUS É TERRÍVEL!

Eu também li os quadrinhos do **DEMOLIDOR** e, desde que o mundo soube que o **MATT MURDOCK** é o Demolidor, ele nunca mais teve uma vida normal.

Coitado do Matt. Todo mundo fica contra ele. **FOGGY**, seu melhor amigo e sócio, teve que ir embora por causa das ameaças que recebeu dos inimigos do Demolidor.

Todo herói tem um ponto fraco. É para isso que serve a máscara.

A MINHA MÁSCARA SERÁ O MIKE.

Quero que ele tenha expectativas e interesses diferentes dos meus. Ele vai ser feito sob medida. **SERÁ O OPOSTO DE MIM.**

Eu adoro séries,
ELE ADORA ESPORTES.
Eu leio quadrinhos,
O MIKE ANDA DE BICICLETA.

PROBLEMAS DO MATT MURDOCK DESDE QUE TODO MUNDO DESCOBRIU SOBRE O DEMOLIDOR

O QUE VOCÊ VAI FAZER DEPOIS DOS MEUS GOLPES, ADVOGADO? VAI ME LEVAR AO TRIBUNAL?

PAUSA: VOCÊ CONHECE O DEMOLIDOR?
O verdadeiro Demolidor da Marvel Comics

O **Demolidor** nasceu nos Estados Unidos e é um famoso super-herói cego da **MARVEL COMICS**. A primeira revista em quadrinhos foi publicada em abril de 1964. O personagem foi criado pelo escritor **STAN LEE** e pelo ilustrador **BILL EVERETT** em 1964 para a Marvel. O Demolidor apareceu no primeiro número. Ele é o alter ego de Matthew "Matt" Murdock, um advogado cego que cresceu nos subúrbios operários irlando-americanos de Manhattan. Durante o dia ele trabalha como advogado defendendo clientes inocentes, mas à noite ele **combate o crime** em Hell's Kitchen como Demolidor, o super-herói.

Eu sou um tremendo fã de **STAR WARS**, o Mike adora **Star Trek** (SÓ DE PENSAR NISSO, JÁ ME DÁ NOS NERVOS!). **NÃO!** Eu não consigo. Pensei bastante no assunto e talvez seja **MELHOR** se o Mike **NÃO GOSTAR DE CINEMA!** Eu já "**curti**" seletivamente alguns tópicos na página do **Facebook** dele, como diversos eventos esportivos **e o Justin Bieber.**

JUSTIN BIEBER

Não gosto do Justin Bieber.
O Mike gosta, mas só porque ele é o oposto de mim!
Eu nunca tive a mínima vontade de estar no lugar dele!

Não me entenda mal, mas eu não o suporto. A única ligação entre mim e o Mike é **a nossa família**. Eu também publiquei o **PRIMEIRO POST DELE** hoje: "Sou um **campeão de esgrima**! Agradeço a todos os MEUS AMIGOS que foram assistir à competição. Eu adoro Manhattan e estarei lá para visitar o meu primo Phil **EM BREVE!**".

Eu queria deixar a questão da família clara para todo mundo. **Eu postei a foto com a blusa que não era minha e o troféu.**

O problema é que tive que criar **100** perfis falsos no **Facebook**! **DEMOROU BASTANTE** mas **eu precisava deles!** Os **AMIGOS FALSOS** dele o tornarão **MAIS REAL** e lhe darão um **passado verossímil**. Devo confessar que **NÃO FOI NADA FÁCIL NEM RÁPIDO.** Eu e o meu **MAC** demoramos **5 HORAS**, mas finalmente o **MIKE É REAL!** Bem, pelo menos na internet... E, se ele vive na internet, ele é mesmo real, não?

Amanhã vou para o segundo passo: agora que o Mike tem um perfil no **Facebook**, vou enviar uma solicitação de amizade para a **LAUREN**. Eu postei e tuitei meus parabéns ao Mike na minha página pessoal, para que todo mundo visse **quem era o Mike e o que ele fazia da vida.** Agora todos os meus amigos do Facebook conhecem o meu primo. Incluindo a Lauren, é claro. Meu plano perfeito está armado!

NINGUÉM vai descobrir essa mentirinha, e graças ao Mike logo conquistarei o coração da Lauren. Estou **TÃO SATISFEITO COM O MEU PLANO** que quase me sinto um idiota por não tê-lo colocado em prática antes.

MEU CÉREBRO está pulsando. Parece que está a mil por hora!

13 de março

Eu queria contar à Lauren sobre as vitórias do Mike e como ele é legal. Ela estava no corredor perto dos armários, conversando com a Kelly. Elas estavam rindo feito doidas, como se estivessem assistindo a um episódio dos **Simpsons**. Era o momento certo para eu me aproximar e dizer para ela que fui ver o duelo do Mike e que logo ele viria visitar a minha família por alguns dias.

Eu me aproximei dela e disse:

— **VOCÊS TÊM QUE CONHECER O MIKE. ELE É MUITO LEGAL. INFELIZMENTE NÃO PODEREI PASSAR MUITO TEMPO COM ELE PORQUE PRECISO ESTUDAR PARA AS OLIMPÍADAS DE MATEMÁTICA.**

Eu mal tinha terminado de falar quando o **Ted/Mister Mistério** apareceu do nada gritando e desviou totalmente a atenção delas:

— **O QUE O IRMÃO FEIO DO STEPHEN HAWKING ESTÁ FAZENDO AQUI?**

**Babaca
Arrogante
Alto**

Ted, o melhor

TED,
o valentão

Ele está sempre exibindo sua cara de mau e seus músculos. Eu queria citar para ele a frase de Mordecai Richler: "São necessários 72 músculos para fechar a cara, e apenas 12 para sorrir. Você deveria tentar sorrir uma vez".

Ele olhou para mim como se estivesse me desafiando. Levantei os olhos e percebi que eu era **15 CENTÍMETROS** mais baixo que ele... **Esse era um ótimo motivo** para eu ficar de bico fechado.

O Ted é muito forte, e eu só queria **SAIR CORRENDO** dali, mas não podia. Seria o mesmo que usar uma enorme placa de **AMARELÃO** nas costas pelos próximos 20 anos. Eu estava gritando por dentro: "**NÃÃÃÃÃÃO!**".

— **ODEIO QUANDO VOCÊ CONVERSA COM A MINHA NAMORADA, SEU CDF METIDO A BESTA** — ele disse.

A Lauren logo retrucou:

— **NÃO SOU SUA NAMORADA! ALIÁS, NUNCA FUI!**

COMO ISSO ERA POSSÍVEL? Para todo mundo na escola, eles eram namorados! A escola inteira achava que eles namoravam!

— **NÃO TENHO INTERESSE EM NAMORAR CARAS QUE SE ACHAM E USAM A VIOLÊNCIA PARA CHAMAR ATENÇÃO** — ela acrescentou.

LAUREN

Hihihi...

O Ted ficou vermelho de raiva e tentou dar um soco na minha cara, mas, graças ao meu treinamento em esgrima, consegui desviar. Quando ele deu com o punho no armário, gritou feito um bebê. Todo mundo olhou para ele como o idiota que ele era, então ele se virou e saiu. Mas não sem proclamar a minha sentença de morte.

MEU PESADELO!

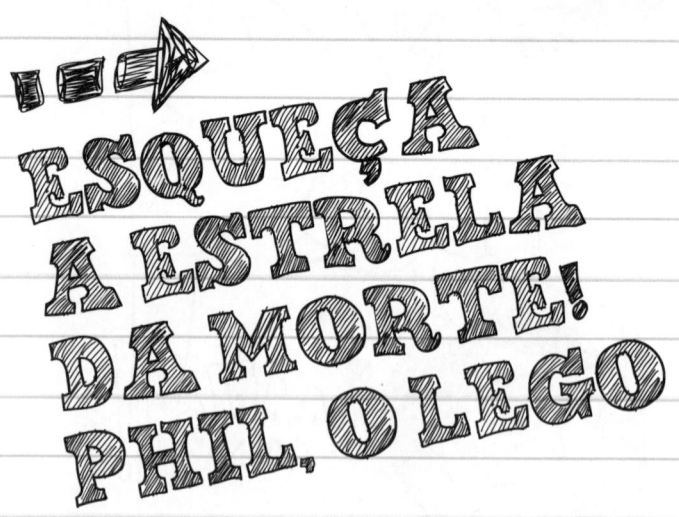

ESQUEÇA A ESTRELA DA MORTE! PHIL, O LEGO

— ISTO NÃO ACABOU. É MELHOR VOCÊ MUDAR DE PAÍS! VOCÊ NÃO ESTÁ SEGURO AQUI!

Apesar de estar tremendo, mantive a minha cabeça erguida e todos me acharam corajoso. Mas, na verdade, **EU ESTAVA PARALISADO** de medo. Será que eu deveria **ME MUDAR PARA LUXEMBURGO** ou tentar me resolver

E SE EU COLOCASSE O SEU BRAÇO NO LUGAR DA PERNA?

com o Ted para acabar de vez com sua ira? Eu jamais conseguiria comprar uma passagem Nova Iorque-Luxemburgo, então eu tinha que encontrar rápido uma solução, ou ele me destruiria como um boneco de LEGO.

Cheguei em casa e entrei no perfil do Mike antes que o George e o Nicholas chegassem para estudar para as Olimpíadas de Matemática e Ciências.
Enviei uma solicitação de amizade para a Lauren e escrevi uma mensagem: "**Oi, sou o primo do Phil. Logo vou estar em Manhattan para uma competição de esgrima. Meu primo me falou muito bem de você, e eu gostaria de conhecê-la**". Após alguns minutos, recebi a notificação: ELA TINHA ACEITADO MINHA SOLICITAÇÃO. Bingo! O plano ficou complicado de verdade: *EU TINHA QUE ME TRANSFORMAR NO PRIMO MIKE E FAZÊ-LA ACREDITAR.*

Manhattan

MAS COMO? Preciso de um cúmplice... alguém que possa me ajudar a planejar tudo em detalhes. A única pessoa que pode fazer isso é a minha irmã, **Ellen**.

SERÁ QUE ELA VAI GUARDAR O SEGREDO?

Xiu!!!

14 de março

Fui falar com a Ellen e ela **ESTAVA USANDO UM VESTIDO TODO CHIQUE,** como se fosse aparecer em uma revista que meninas leem. Contei a ela sobre o meu plano. Antes de eu terminar, ela esfregou um papel na minha cara:

– Por meio deste contrato, você cede todos os direitos de imagem ao Mike. Assine e se tornará

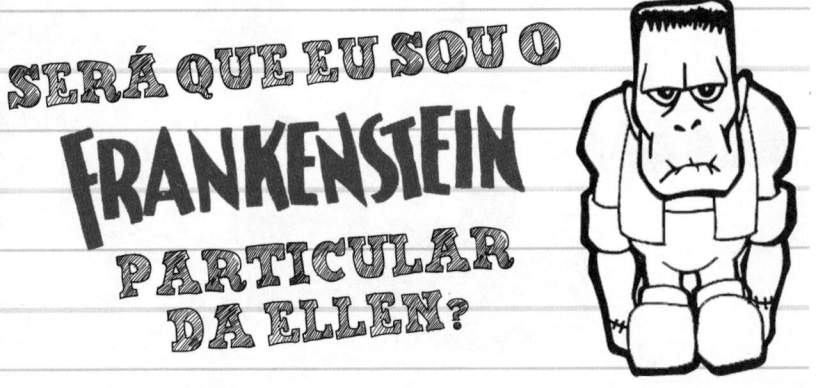

SERÁ QUE EU SOU O FRANKENSTEIN PARTICULAR DA ELLEN?

94

o cara mais legal de todos! Nada parecido com você, é óbvio. ELE vai ser uma estrela! – ela disse, cheia de soberba.

– **VOCÊ ME ASSUSTA!** – retruquei.

A Ellen deu um risinho que sempre dá quando quer dizer "**DEIXA COMIGO**", e eu implorei: – VOCÊ TEM QUE JURAR QUE A MAMÃE E O PAPAI NUNCA VÃO FICAR SABENDO DISSO!

– **NÃO VOU CONTAR NADA PARA ELES ANTES DE CRIAR UM FRANKENSTEIN SÓ MEU!** – ela falou, parecendo um cientista maluco. Agora estou nas mãos da minha irmã... mas pelo menos SEI QUE NÃO VOU ENTRAR EM NENHUMA FURADA SOZINHO.

15 de março

O **George** apareceu depois da aula com a agenda das olimpíadas. O **Nicholas** sugeriu que fôssemos estudar, então a **Ellen** começou a nos filmar para um documentário que ela está dirigindo

chamado **The Ping Pong Theory.**
Ela quer fazer um filme sobre **NERDS** e seus hobbies malucos.

FOMOS PARA O MEU QUARTO COM TODOS OS NOSSOS EQUIPAMENTOS E CADERNOS.

Parecíamos guerreiros prontos para a batalha.

– **QUERO FILMAR NERDS SE DIVERTINDO COM TESTES DE MATEMÁTICA!** – disse a Ellen com sarcasmo.

– **VOCÊ DEVERIA CUIDAR DA SUA VIDA!**

Olha só você: tem **8 ANOS** e tudo que faz é

Phil + Lauren = FELICIDADE

NEGOCIAR A SUA MESADA NAS REDES SOCIAIS! – disse o **GEORGE** irritado.

O Nicholas quase nunca falava, mas sempre ria das discussões entre a **ELLEN** e o George.

– Eu faço **AS MESMAS COISAS** que as meninas da minha idade fazem! Eu brinco de **Barbie** e de **Cooking Mama** como toda menina! – gritou a Ellen.

– Claro. Porque você comprou as bonecas da **MATTEL**, e o criador de **COOKING MAMA** está na sua folha de pagamento – disse o George.

– Já chega, vocês dois. Se quisermos mesmo vencer as olimpíadas, temos de **nos unir e estudar pra valer**.

Querido *diário*, nós começamos a fazer os exercícios às cinco da tarde. O cronômetro do celular da Ellen contava o tempo.

Logo começamos a ficar nervosos e não conseguíamos nos concentrar. Até o exercício mais simples parecia complicado por causa da pressão do tempo.

– **PHIL E NICHOLAS, QUE DECEPÇÃO!**

E GEORGE, VOCÊ É SIMPLESMENTE O PIOR! – disse a Ellen. – É MELHOR VOCÊS SE CONCENTRAREM OU VÃO ENTRAR EM PÂNICO E NUNCA VÃO GANHAR!

– E o que você sugere, gênio? – perguntou o George.

Como a Ellen queria melhorar o nosso **desempenho psicomotor**, ela nos levou ao parque e decidimos **SEGUIR AS INSTRUÇÕES DELA.**

Ela desenhou uma linha reta no chão e disse para andarmos em cima da linha com alguns livros na cabeça. Ela estava filmando tudo e gritando com a gente. Com certeza, ela estava se divertindo muito.

Nós parecíamos três idiotas repetindo contas matemáticas enquanto andávamos em uma linha com livros na cabeça.

Cometemos vários erros e ficamos NERVOSOS, pois aquilo parecia uma grande bobagem. Mas, no fim do treinamento, os livros não estavam caindo mais e O CORAÇÃO NÃO ESTAVA

MAIS SAINDO PELA BOCA.

Resumindo, tínhamos aprendido a lidar com o **pânico!** A Ellen ficou satisfeita com aquilo. Parecia que ela tinha criado três **Edwards Mãos de Tesoura**. O mundo era seu laboratório e ela era a cientista que produzia suas criaturas.

EU NÃO SOU SUA CRIATURA!

17 de março

Eu vi a Lauren na escola e ela estava mais bonita do que nunca.

Ela tem tudo o que eu amo: o sorriso da Amanda do **REVENGE**, o otimismo da Penny de **The Big Bang Theory** e o cabelo da Tempestade dos **X-MEN**. ELA ERA A MISTURA PERFEITA, **era um sonho**. Era como a **MARY JANE** para o **PETER PARKER** e a **KAREN PAGE** para o **DEMOLIDOR**.

Para mim, ela era como o último movimento do cubo mágico, aquele que trazia felicidade. Ela tem sido muito "diplomática" comigo. Simplesmente mostrou seu sorriso padrão. Estava sendo apenas **NORMAL**.

POR QUÊ?!?! Por que ela não olhava diferente para mim?

— **O seu primo Mike vai chegar amanhã** — ela disse, logo em seguida.

O CABELO DELA É IGUAL AO DA TEMPESTADE

FIQUEI ENVERGONHADO. Eu estava tremendo, mas me lembrei dos exercícios da Ellen e não entrei em pânico.

– **SIM... É MESMO!** – respondi.

– **ELE ME CONVIDOU PARA SAIR** – ela acrescentou.

– **Isso seria de grande ajuda! Estou estudando muito para as Olimpíadas de Matemática e Ciências** – falei, querendo continuar a conversa. Mas ela não mordeu a isca.

– **É MESMO. VERDADE. É ISSO O QUE VOCÊS CDFs FAZEM.**

Eu não passava disto para ela: um CDF.

– **ELAS SÃO LEGAIS. É COMO UM JOGO DE FUTEBOL. OU DE RÚGBI. É UMA COMPETIÇÃO. AS PESSOAS ASSISTEM PORQUE SEMPRE HÁ UM VENCEDOR E UM PERDEDOR.**

A Lauren pareceu interessada, mas estava apenas sendo educada. Ela provavelmente não tinha o menor interesse em Matemática e raiz quadrada.

NADA ALÉM DE UM CDF

PHIL, O VIGIA

EU SOU UM CDF?

SOU MESMO COMO O VIGIA DA MARVEL?

— Sabe, meu sonho é conhecer o Stephen Hawking um dia, e as OLIMPÍADAS DE MATEMÁTICA E CIÊNCIAS são uma excelente oportunidade para melhorar minhas habilidades.

A Lauren estava usando uma camiseta da KATY PERRY, e eu tenho certeza de que ela me achou chato. Mas amanhã terei

OUTRA CHANCE

e vou resolver as coisas... graças ao Mike!

20 de março

A Lauren estava linda, e eu, morrendo de **MEDO**. A Ellen pôs um pouco de blush nas minhas bochechas, PASSOU GEL NO MEU CABELO E DESENHOU UMA PINTA NO MEU ROSTO. Meu cabelo ficou caindo um pouco, e os olhos escuros me deixaram com um visual meio sombrio. **Eu estava pronto para sair com a Lauren!** MEU CORAÇÃO ESTAVA ACELERADO, pois não sou bom em mentir, mas me senti como um ator naquele momento e tinha de desempenhar meu papel corretamente. **COMECEI A FALAR EM UM TOM MAIS GRAVE, O QUE ME DEIXOU MAIS DETERMINADO E MENOS MEDROSO QUE O NORMAL.**

Eu tinha passado a noite inteira pensando em como mudar meus gestos habituais para ela não perceber que o **Phil** e o **Mike** eram exatamente a **mesma pessoa**.

A Ellen fez bem de sumir com meu moletom do **STAR WARS** e fez questão que eu vestisse uma blusa mais descolada. **MINHA IRMÃ TINHA PENSADO EM CADA DETALHE:** ela também comprou umas pulseiras de couro para me deixar mais descolado. **ENFIM REUNI CORAGEM E FUI ENCONTRAR A LAUREN.**

Ela estava me esperando em frente à casa dela. Estava chovendo e nós dois estávamos de guarda-chuva. O pai dela estava no carro. Ele tinha parado ali perto e estava indo a uma loja. Eu não tinha muito tempo, então **PRECISAVA USAR CADA SEGUNDO DAQUELES 60 MINUTOS PARA MOSTRAR O MELHOR DE MIM.** **Ela me olhou com seus olhos grandes da cabeça aos pés.** Então, eu falei para ela:

– *EU PAREÇO O PHIL? TODO MUNDO DIZ ISSO!*

Ela sorriu e disse:

– *VOCÊ É MELHOR.*

- Por quê?
- PORQUE PARECE BEM CONFIANTE.
Bem, com essa pinta... o cabelo bagunçado, as pulseiras... hmmm... VOCÊ É MEIO PARECIDO COM ELE, MAS PARECE...
- Pareço...? - perguntei, esperando que ela dissesse algo positivo sobre mim.
- Parece um cara normal.
Não sei se isso foi um elogio. Mas sorri para ela.
Sentamos em uma mesa do McDonald's enquanto o pai dela resolvia umas coisas. ELA PEGOU NA MINHA MÃO. A minha outra mão estava tremendo E TIVE QUE ME ESFORÇAR PARA NÃO DERRUBAR A MINHA COCA-COLA. A Lauren disse que adorou uma das minhas pulseiras, então eu a tirei e dei para ela. PARECIA QUE OS OLHOS DELA TINHAM FICADO EM FORMATO DE CORAÇÃO, E ME SENTI COMO SE EU TIVESSE ACABADO DE ESCALAR O MONTE EVEREST.
Só faltava uma música romântica.

EU AMO A LAUREN
&
STAR WARS

EVEREST

Mas tudo mudou de repente quando o TED ENTROU NO MCDONALD'S. Imagino que, se o WOLVERINE tivesse descoberto que suas lâminas eram de plástico, ele teria tido a mesma sensação. Eu estava torcendo para que ele não me visse, mas ele logo nos viu e no mesmo instante veio na nossa direção. **MINHAS PERNAS TREMIAM EMBAIXO DA MESA** e as minhas mãos disfarçavam a tensão mexendo na minha pulseira.

De repente, ele gritou:

– **Phil! Phil, o Nerd, com a minha namorada! De novo!!!**

A Lauren corrigiu:

– **É O MIKE, O PRIMO DO PHIL!**

– **Ei, seu idiota, qual é o seu problema?** – eu disse com uma atitude que não sabia que tinha. – **QUE EU SAIBA, ELA NÃO É A SUA NAMORADA E EU NÃO SOU NENHUM NERD. DUAS MENTIRAS EM UMA SÓ FRASE.**

O Ted estava sorrindo como o **Doutor Destino**... isso não era um **BOM SINAL! MINHA PIADA** não tinha acalmado o ânimo dele, obviamente.

– Você é uma **imitação barata** de um original **terrível** – ele disse zangado enquanto dava um soco na minha direção. Todo mundo estava olhando para nós. Pulei na mesa para desviar e vi dois GUARDA-CHUVAS PERTO DE MIM. Peguei um e apontei direto para a cabeça dele. Ao ver isso, ele pegou o outro guarda-chuva e tentou me acertar.

É ELE!
DR. TED DESTINO!

Dei um salto no ar e o atingi no ombro para não machucá-lo demais.

O "Sr. Lutador" contra-atacou, mas eu impedi o ataque e o atingi com uma quinta na mão, como dizemos na esgrima.

O GUARDA-CHUVA DELE CAIU NO CHÃO E ELE FICOU ASSUSTADO. ENTÃO, UM SEGURANÇA VEIO E NOS EMPURROU COM TUDO PARA A SAÍDA.

Querido *diário*, **a Lauren ficou impressionada.** Ela se encantou com a minha coragem e ferocidade!

MAS NÃO ME ENTENDA MAL.
EU NÃO FIQUEI FELIZ.

Eu estava fingindo ser o Mike havia algumas horas e tinha brigado e contado um bilhão de mentiras. Eram mais mentiras do que eu tinha contado em **12 anos**. E me senti culpado, **mesmo achando que a Lauren estava apaixonada por mim.**

26 de março

Querido *diário*, amanhã é o dia das Olimpíadas de Matemática e Ciências! Hoje a minha equipe se reuniu na minha casa e não conseguíamos controlar a emoção!

– **EU MAL POSSO ESPERAR PARA DERROTAR TODOS AQUELES ALUNOS DO QUINTO ANO, MAS PRECISO DA AJUDA DE VOCÊS** – o George disse.
– **BOM, NÓS ESTAMOS QUASE LÁ. SÓ PRECISAMOS VENCER** – acrescentou o Nicholas.

O estúdio do meu pai era o nosso QG oficial, segundo a Ellen. Mas meu pai não sabia.
– Phil, você precisa estudar. Você não está preparado – disse a Ellen.
– **DISTRAÇÕES ESTÃO PROIBIDAS** – disse o George. Mas eu estava megadistraído!
Eu ficava verificando o celular e, quando finalmente recebi uma mensagem no **MESSENGER DO MIKE, FIQUEI TÃO ALIVIADO QUE SORRI.**

A TRISTEZA DESAPARECEU NO MESMO INSTANTE.
"SOBRE ONTEM... VOCÊ FOI O MEU HERÓI!".
Eu ainda estava me sentindo culpado pelo que eu tinha feito com o Ted, mas não quis pensar no assunto.

LAUREN
online

sobre ontem... você foi o meu herói!

"**Quer sair?**", ela perguntou alguns segundos depois.
"**Claro**", respondi, mesmo sabendo que não poderia. Será que eu teria que mentir para a minha equipe só para sair com ela?
– **Pessoal, vão começando... Eu volto daqui a mais ou menos uma hora...**
– **AONDE VOCÊ VAI?**
– **Tenho que buscar um livro que comprei. O carteiro não conseguiu entregar e eu não quero que devolvam, então vou lá na agência dos correios buscar** – expliquei.

MAIS UMA MENTIRA!

Eu tinha mentido para a minha irmã e para os meus melhores amigos. Que idiotice.
Eu me sentia culpado, mas queria ver a Lauren. De uma coisa eu tinha certeza:
ESTAVA PARA CAIR UMA TEMPESTADE.

NOTA DO PHIL: Para encurtar a história, você quer saber o que aconteceu depois? Encontrei a Lauren depois de vestir o meu "disfarce" no elevador. É assim que o **Clark Kent** deve se sentir quando se transforma no **Superman** em uma cabine telefônica! Ela começou a falar sobre músicas que eu não curto muito, mas fingi que adorava e até cantei uma música da **Ariana Grande**, só para parecer mais atraente. **MENTIRA Nº 1.**
MENTIRA Nº 2: finalmente encontrei uma desculpa para voltar para os meus amigos.

No caminho de volta para casa, gastei quase todo o meu dinheiro na LIVRARIA que fica em frente ao meu prédio, porque precisava de um livro para mostrar aos meus amigos, senão eles descobririam que **EU TINHA MENTIDO PARA ELES PARA ENCONTRAR A LAUREN.** Procurei algo interessante, mas o tempo estava passando, então peguei o primeiro exemplar de uma pilha. Parecia que era de matemática, pois se chamava *"OS NÚMEROS DO APOCALIPSE"*. Mais uma mentira no período de algumas horas. Antes de voltar para junto do **George**, do **Nicholas** e da **Ellen**, passei na cozinha para cumprimentar meus pais, e o meu pai perguntou o que eu tinha ido fazer na livraria, pois tinha me visto lá a caminho da lavanderia. **EU RESPONDI COM MAIS UMA MENTIRA.**
– Encontrei um amigo da escola chamado Mike.
QUANDO VOLTEI, MEUS AMIGOS ESTAVAM FURIOSOS.

Eu não suportaria manter todas aquelas mentiras. Só queria começar tudo do zero, mas as mentiras eram como uma avalanche que eu não conseguia mais controlar.

---

27 de março

Hoje é o dia das Olimpíadas de Matemática e Ciências! **Quer saber como foi?** Todos os matemáticos e físicos da cidade estão literalmente **ATERRORIZADOS com a Grande Mata-crânio!** Ela é o pior pesadelo de todo aspirante a **Stephen Hawking**. As pessoas contam as histórias mais incríveis sobre ela... Ela tem um nome de verdade, mas ninguém lembra nem ousa dizer! **ELA É UMA LENDA. SEU APELIDO É GRANDE MATA-CRÂNIO PORQUE ELA CONSEGUE CONTROLAR CÉREBROS.** Dizem que ela tem superpoderes! Não ria de mim, querido *diário*... ela é mesmo especial. **TODO PARTICIPANTE DAS OLIMPÍADAS**

GRANDE MATA-CRÂNIO

TERRÍVEL

GRANDE MATA-CRÂNIO, UMA LENDA!

ANTERIORES DIZ QUE É SIMPLESMENTE IMPOSSÍVEL VENCÊ-LA POR CAUSA DE SEUS SUPERPODERES. Ao que parece, ela tem um tipo de poder psíquico capaz de criar um raio magnético que ofusca a mente do inimigo! **Você acredita nessas histórias? Nem eu.** Mesmo assim, todos dizem que ela tem mesmo alguma habilidade sobre-humana, e é por isso que ninguém consegue resolver o mais simples problema matemático!

Diz a lenda que ela conseguiu ganhar do campeão de xadrez Kasparov na PRIMEIRA vez que jogou xadrez. **ESSA É A GRANDE MATA-CRÂNIO.** Tipo, seus feitos falam por si sós: **ELA FOI FINALISTA TRÊS VEZES NAS OLIMPÍADAS DE MATEMÁTICA E CIÊNCIAS.** Quer saber quantas vezes ela ganhou? **AS TRÊS!** Ninguém conseguiu combater seu campo magnético. Até o professor que fazia as perguntas durante a competição esqueceu tudo que tinha de perguntar para ela! **A Grande Mata-crânio** é bonita e misteriosa: está sempre de casaco e esconde o cabelo com um gorro de lã.

Ela veio falar comigo. E pode acreditar: **TED, O VALENTÃO**, teria sido dez vezes mais agradável!

— QUE O MELHOR VENÇA! SERÁ QUE VOU VER VOCÊ NAS FINAIS?

Eu não sabia o que dizer. Ela tinha **olhos lindos**, mas meio assustadores. **EU ESTAVA MORRENDO DE MEDO.**

A Ellen veio correndo e respondeu no mesmo instante:

— QUERIDA, PODE ESQUECER AS FINAIS SE VOCÊ ENFRENTAR A MINHA EQUIPE!

Eu adoraria ter fechado a boca da minha irmã, mas não queria magoá-la na frente de todas aquelas pessoas.

NÓS VAMOS VENCER!

DESCABELADA

GRANDE MATA-CRÂNIO

> VOCÊ ACHA QUE EU TENHO MEDO DA GRANDE MATA-CRÂNIO?

O **Nicholas** colocou seu saco de papel na cabeça e o **George** queria parecer preparado, então ficava repetindo:

— Pessoal, consegui. $A\hat{\ }x + B\hat{\ }y = C\hat{\ }z$. Moleza!

TODOS OLHARAM PARA ELE COMO SE ELE TIVESSE ENLOUQUECIDO.

A competição finalmente começou, e nós conhecemos os **Goonies**: NADA ALÉM DE UM GRUPO DE NERDS, assim como nós.

ELES ESCOLHERAM ESSE NOME POR CAUSA DO FILME DE 1985 DIRIGIDO POR RICHARD DONNER e escrito por STEVEN SPIELBERG.

O filme é sobre uns meninos que cresceram nos **cafundós** da cidade litorânea de Astoria, Oregon. O bairro não era muito legal, então eles o apelidaram de "**Docas Goon**" (GOON significa ESTÚPIDO). E é por isso que eles se chamavam de "**Goonies**".

OS PERSONAGENS DO FILME ERAM MUITO LEGAIS, MAS NOSSOS OPONENTES DAS OLIMPÍADAS DE MATEMÁTICA E CIÊNCIAS ERAM PATÉTICOS: não passavam de um bando de alunos do 5º ano que usavam óculos enormes e um dente falso de ouro para intimidar os outros.

Nosso grupo se chamava **The Ping Pong Theory**. Era um **TRIBUTO IRÔNICO** à **nossa série favorita**. O Mark era o capitão dos **Goonies** e era o mais velho. Ele me disse:

— ESTOU TORCENDO PARA ELES PERGUNTAREM SOBRE AS EQUAÇÕES DE MAXWELL. ELETROMAGNETISMO, TÁ LIGADO? SOMOS OS EXPERTS MAIS BEM PREPARADOS DO PAÍS.

— EI, SEU SABICHÃO. SE O SEU CÉREBRO TIVESSE SÓ UM DÉCIMO DO PREPARO DO MEU IRMÃO, VOCÊ ESTARIA GANHANDO O PRÊMIO NOBEL AGORA! — Ellen gritou.

— VOCÊ QUER GUERRA? ENTÃO, VAI TER! — respondeu Mark.

Se eu tivesse um estilingue, **TERIA MANDADO A ELLEN PARA OUTRA CIDADE, OU TALVEZ OUTRO PAÍS!**

Talvez para a Dakota do Sul, direto para o **Monte Rushmore**, onde ela receberia os **turistas**.

As Olimpíadas já iam começar. O **PROFESSOR ZEMECKIS** entrou na sala e nós ficamos assustados: ele parecia o **Doutor** do filme **De Volta para o Futuro**. Só faltava um **DeLorean**.

A ELLEN NOS LEMBROU DE QUE TÍNHAMOS DE NOS CONCENTRAR E NÃO DEIXAR O NOSSO LIVRO METAFÓRICO CAIR DA CABEÇA.

O George não parava de roer as unhas. E o Nicholas estava calado, sem o saco de papel na cabeça.

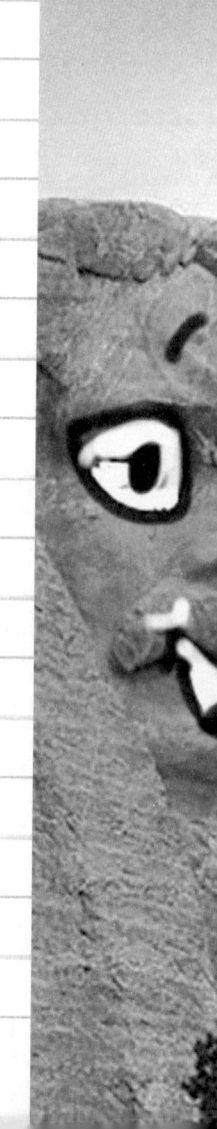

AQUELA É A ELLEN?

QUER SABER COMO FOI A **PRIMEIRA DISPUTA?**

O professor Zemeckis apresentou o primeiro teste. Eu queria muito que fosse sobre física quântica, mas foi sobre a Lei de Faraday, sobre o eletromagnetismo. Achei que os **Goonies** venceriam esse round. Mas o George pensou positivo e, enquanto líamos o nosso teste, ele disse calmamente:

ELES: OS GOONIES

DISPUTA

OS TESTES

O PROFESSOR

NÓS

- VAMOS DAR A RESPOSTA EM DOIS MINUTOS.
- COMO É POSSÍVEL? - o Nicholas perguntou.

- A Lei de Faraday, desenvolvida por Michael Faraday, discorre sobre a indução, que é uma lei básica do eletromagnetismo. Ela explica como um campo magnético vai interagir com um circuito elétrico para produzir uma força eletromotriz. Esse fenômeno se chama indução eletromagnética. Sei disso porque sonhei com ele ontem!

- GENIAL! - gritei. Nós escrevemos a resposta do teste e entregamos tudo em menos de 90 segundos. Acabamos com os Goonies. Nem parecia competição! Foi um arraso! Então chegamos ao **ROUND 16** no qual enfrentamos a EQUIPE DOCTOR WHO. Eles eram BRITÂNICOS e usavam ternos iguais e gravatas horrorosas. Eles pareciam completamente apáticos. Eram todos tão chatos e esnobes que nem perceberam que a competição tinha começado.

O Nicholas conseguiu resolver o teste de química

sobre a Teoria de Lewis em menos de 30 segundos. Mas vou dizer uma coisa: esses oponentes eram muito sem graça! Quando perderam, tudo que disseram foi:
— Nada disso importa. Os **Beatles** eram **BRITÂNICOS** mesmo.

COM CERTEZA, A PARTICIPAÇÃO DELES NESSAS OLIMPÍADAS COMEÇOU VERGONHOSA E TERMINOU PIOR AINDA.

A **EQUIPE DOCTOR WHO** se inspirou na série britânica de ficção científica **Doctor Who**, produzida pela **BBC DESDE 1963**. Acho que eles voltaram direto para casa na **TARDIS:** a nave espacial e máquina do tempo que opera no vórtice temporal.

EQUIPE DOCTOR WHO

BRITÂNICOS

Agora estávamos nas **QUARTAS DE FINAL** enfrentando os **Diários de um Vampiro**. ELES ERAM MUITO PERVERSOS E CRUÉIS. FALSIFICARAM DOCUMENTOS, ESCONDERAM A IDADE E TINHAM UM PARTICIPANTE DE 60 ANOS NA EQUIPE. Ele usava uma tonelada de maquiagem para parecer um adolescente.
ELES FORAM OS PIORES ADVERSÁRIOS.

Sua inspiração veio da SÉRIE DE TV criada por **KEVIN WILLIAMSON** e **JULIE PLEC**, baseada na série literária de **Lisa Jane Smith, The Vampire Diaries**.

Eles estavam usando capas horrendas, mas o que **ME ASSUSTOU MESMO** foram os círculos escuros ao redor dos olhos. ELES ERAM MESMO MALÉFICOS: usaram um computador durante o teste sem que o PROFESSOR ZEMECKIS percebesse e tentaram colar de nós na cara dura!

DIÁRIOS DE UM VAMPIRO

> Os Diários de um Vampiro usam os truques mais malévolos! O sarcasmo vampiresco!

sorrisinho

O teste era sobre **MAX PLANCK** e as possíveis figuras das ondas eletromagnéticas. **CONSEGUI RESOLVER TODOS OS PROBLEMAS RAPIDINHO, SEM DIFICULDADE,** e nós vencemos!

Agora estávamos nas semifinais contra a **EQUIPE ONE DIRECTION MENTALISTA.**

Eles eram uma verdadeira piada! Pareciam o **One Direction** e tinha um punhado de fãs que ficavam gritando em apoio. **ERAM OS MENINOS MAIS POPULARES DA ESCOLA E TODO MUNDO TORCIA POR ELES.** O Harry era o capitão da equipe e era **a cara do Harry Styles**. O agente dele até soprava as respostas corretas. Quando perguntei ao professor por que eles podiam ter alguém que soprava as respostas, ele simplesmente me disse:

— **É graças a essa equipe que conseguimos o dinheiro para patrocinar este evento!**

Ganhar deles não seria moleza... **ELES NÃO LIGAVAM PARA AS REGRAS.** A pergunta do teste foi sobre identificar formas no espaço e usá-las para resolver problemas de geometria. **O AGENTE DA EQUIPE TAMBÉM CHAMOU UM ESPECIALISTA!** Aquilo era muito injusto! Se eles recebessem essa ajuda extra, nós perderíamos feio.

BLOQUEADOR DE SINAL!
(IDEIA DA ELLEN)

Por sorte, minha irmã teve uma ótima ideia: ela ativou seu BLOQUEADOR DE SINAL e ninguém da sala conseguiu usar qualquer tipo de dispositivo eletrônico... ISSO NOS PERMITIU CONCLUIR O PROBLEMA SEM PRESSA E PARTIR PARA AS FINAIS!

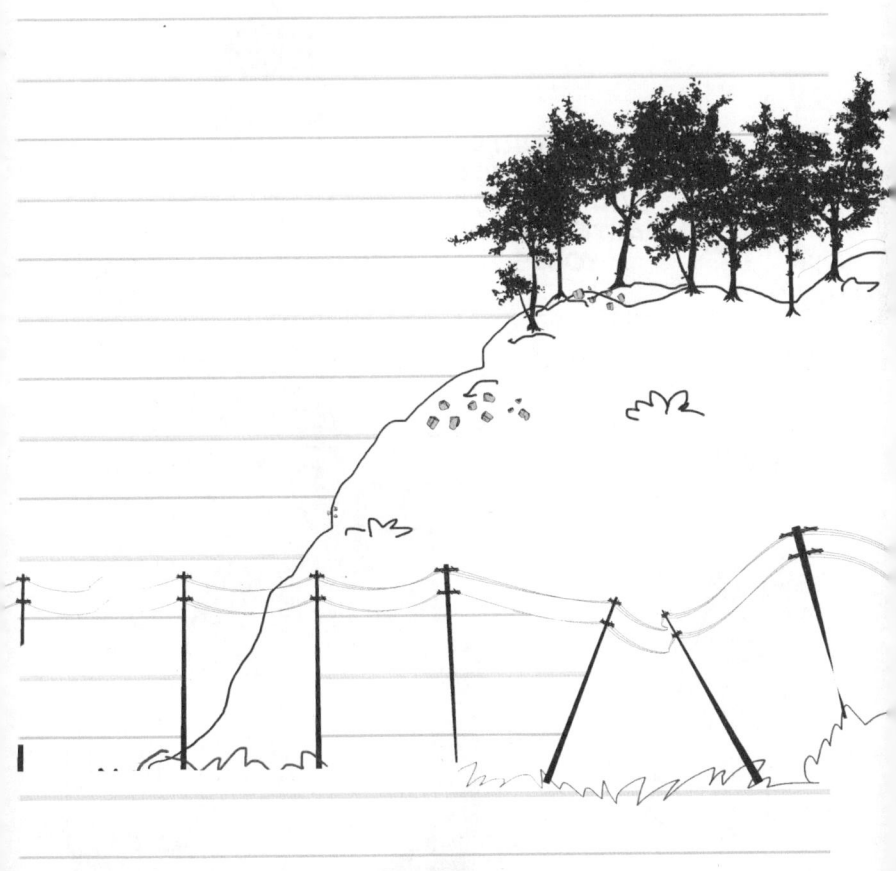

O **ADVERSÁRIO DAS FINAIS** era ninguém mais, ninguém menos que **a equipe da Grande Mata-crânio, MENTES PODEROSAS!**

A DISPUTA FINAL SERÁ DAQUI A DOIS DIAS. **Nós estamos morrendo de medo, mas preparados... para o pior!**

> BOA SORTE NA COMPETIÇÃO. QUE A FORÇA ESTEJA COM VOCÊS.

28 de março

Hoje foi o **dia da competição nacional de esgrima.** Eu tinha que esquecer o Phil e entrar na pele do Mike. Não contei nada para a minha mãe, porque **NÃO QUERIA QUE ELA FALASSE PARA AS AMIGAS.** Ninguém sabia da competição a não ser a Lauren, mas **eu tinha certeza de que ela não se interessaria em ir me ver! ALIÁS, EM IR VER O MIKE.**

De manhã, ela me mandou uma mensagem dizendo que gostava do meu gosto musical, da minha atitude, da minha carreira esportiva e do meu jeito de me vestir. **ELA BASICAMENTE ESTAVA GOSTANDO DE ALGUÉM QUE NÃO EXISTIA**, pois eu era o Phil e não podia fingir ser o Mike para sempre. **MAS EU GOSTAVA MUITO DELA...** então respondi que queria tê-la perto de mim naquele dia especial.

Nunca pensei que ela me veria praticando esgrima! Ainda mais depois que a mãe dela a proibiu de ir...

MIKE!!!!

ELA

Quando a Karen, mãe da Lauren, notou que os travesseiros e cobertores vendo TV em casa não eram sua filha, **ELA CORREU DIRETO PARA A CASA DOS MEUS PAIS.** Por que ela foi para lá?

Porque no e-mail do Mike no computador da Lauren dizia que ele estava ficando na minha casa!

A mãe da Lauren conhecia a minha família, e **poucos minutos depois**, lá estava ela. Eu ainda não sabia que o MEU VULCÃO DE MENTIRAS estava prestes a ENTRAR EM ERUPÇÃO!

Minha mãe estava tão concentrada **desenhando** que demorou para ouvir a campainha enlouquecida. ASSIM QUE ENTROU, A KAREN COMEÇOU A FAZER PERGUNTAS SOBRE O MIKE. Ela queria saber tudo.

É óbvio que a minha querida mãezinha não tinha a mínima ideia de quem era o Mike.

As duas ficaram se perguntando **QUEM ERA ESSE TAL DE MIKE...** A minha mãe começou a ligar os pontos, como quando está desenhando, e logo percebeu que eu estava mentindo sobre o Mike e o livro.

— **MEU FILHO FOI COMPRAR UM LIVRO COM UM TAL DE MIKE... EU QUERO SABER O QUE ESTÁ ACONTECENDO! ELE ESTÁ METIDO EM ENCRENCA?**

A minha mãe correu para o meu quarto e pegou o livro que eu tinha comprado. Quando ela viu o título *"OS NÚMEROS DO APOCALIPSE"*, ficou chocada.

SOU A KAREN, A MÃE DA LAUREN.

QUEM É?

A cara de perplexa da minha mãe.

Parecia um livro de matemática, **MAS NÃO ERA** sobre matemática, e sim sobre o fim do mundo, e era de **um escritor DOIDO.**

TENHO QUE ADMITIR... AQUILO NÃO ME AJUDOU NEM UM POUCO.

OS NÚMEROS DO APOCALIPSE

NICK IOAQUI

– Com que tipo de gente eles estão andando? – ela gritou.
– VAMOS LIGAR PARA A POLÍCIA – sugeriu a Karen.

Logo o Ray apareceu na minha casa. Era um **policial** que morava ali perto, um americano de origem mexicana e que era tranquilão.

Ele as pegou e levou à arena onde estava acontecendo a competição de esgrima. **Elas queriam me fazer algumas perguntas.**

Querido *diário*, quer saber o que o meu pai estava fazendo nessa hora? Vou dizer: **NADA**. Ele não percebeu nada, pois estava com seu telescópio procurando algum OVNI.

Nesse meio-tempo, eu estava enfrentando meu oponente com a blusa do Mike **e uma máscara que escondia o meu rosto**.

Eu era um dos FINALISTAS. Eu era um forte oponente, pois esgrima era fácil para mim, assim como brincar com física ou números. **A LAUREN ESTAVA QUASE DESMAIANDO COM TODA AQUELA GRITARIA E TORCIDA.** Ela me deixou muito confiante. **Eu estava ganhando por 8 a 2 na competição com espada,** que é uma ótima pontuação, considerando que são necessários apenas 10 pontos para vencer! Em resumo, eu estava acabando com o meu rival e ele nunca conseguiria me vencer àquela altura.

Eu estava a apenas duas estocadas da vitória e do **TÍTULO DE CAMPEÃO NACIONAL.**

Foi quando o Ray entrou e foi direto para a bancada dos juízes, **pedindo que o duelo fosse suspenso.**

Eu fiquei **CHOCADO** e não notei o que estava acontecendo. PARECE QUE O CAOS TINHA TOMADO CONTA DA MINHA VIDA APÓS TODOS OS BILHÕES DE MENTIRAS QUE EU VINHA CONTANDO.

O policial pediu que eu retirasse a máscara.

— **Mas esse é o Phil!** — gritou a minha mãe.

— **Não! É o primo dele!** — a Lauren gritou de volta para ela, estarrecida.

— **Que primo?** — a minha mãe perguntou.

Os juízes então perguntaram o meu nome e eu admiti:
- **PHIL. SOU PHIL, O NERD.**

Fiquei muito chateado. Bem, no fim das contas, **RECEBI O CARTÃO PRETO** e fui **DESQUALIFICADO**. Eu tinha mentido sobre a minha identidade, e isso era uma falta.

- **NÃÃÃÃÃÃÃO!!!**

Eu estava a alguns passos do título... Botei os meus óculos e fui falar com a Lauren. A pinta tinha desaparecido com o suor depois do duelo.

Sou Phil. Phil, o Nerd.

LAUREN

Ela olhou para mim por um instante e disse:
– Sério? Um nerd? Eu estava apaixonada por um nerd?! NÃO É POSSÍVEL!
E FOI ASSIM QUE A LAUREN FOI EMBORA DALI... E DA MINHA VIDA.

Diário, quer saber o que aconteceu na final das Olimpíadas de Matemática e Ciências? Relaxe. Muita calma nessa hora. A AVALANCHE DE TODAS AS MINHAS MENTIRAS não afetou só a esgrima.

EU ODEIO MENTIRAS!

OI. CONHEÇO UM CARA MENTIROSO. MAS ESSA É OUTRA HISTÓRIA!

Quando meus amigos ficaram sabendo de toda a confusão, eles se sentiram traídos e não quiseram mais falar comigo. Justo eu, que fui o primeiro a apostar no nosso clã nerd... **e o PRIMEIRO a trair todos eles com as minhas mentiras inúteis!**

Mentir pode ser bem perigoso.

A única forma de CONSERTAR AS COISAS é parar de contar uma mentira para sustentar outra.

29 de março

No dia da final, nem o **George** nem o **Nicholas** chegaram a tempo. Eu não sabia se eles tinham decidido me perdoar. Eu tinha comprado um **BONECO DO STAR WARS** para o Nicholas e outro para o George e uma ASSINATURA DA FORBES ON-LINE para a Ellen.

Eu não sabia se eles viriam, mas queria muito ser perdoado. EU NÃO ACREDITEI QUANDO VI OS TRÊS CHEGANDO! Eles pareciam o elenco do filme **Armageddon** e quase dava para ouvir Aerosmith tocando ao fundo!

Eles estavam sorrindo e pareciam contentes. Quando entreguei os presentes, eles me abraçaram. **ELES NÃO ESTAVAM MAIS BRAVOS E QUERIAM GANHAR AS OLIMPÍADAS!**

– **Desculpem, pessoal. Eu fiz tudo isso por causa da Lauren. Eu era louco por ela** – expliquei.

– Ficamos com pena de você! Tentar se transformar em outra pessoa só para ser amado não faz nenhum sentido! – disse o George.

A Ellen parecia bem triste. Abracei a minha irmãzinha e disse:

– Juro que **NUNCA MAIS** vou contar nenhuma mentira... Agora vamos lá derrotar a **Grande Mata-crânio!**

A gente tremia só de falar o nome dela.

– **Eu fui DESQUALIFICADO da competição de esgrima. ENTÃO vamos ganhar esta.**

Vi a Grande Mata-crânio de longe e fui falar com ela antes de a competição começar.

- **Está pronta? A força estará com você?** - perguntei, sarcástico.
- A força é o que dá poder ao Jedi. É um **CAMPO DE ENERGIA** criado por todos os seres vivos. Ela nos cerca e penetra em nós; é o que mantém a galáxia unida... - ela respondeu.

Ela era de tirar o fôlego. Uma garota linda. E uma nerd, igual a mim.
- ESSA FRASE É DO OBI-WAN KENOBI! DEMAIS! - eu disse. Fiquei extasiado!
- Reconheceu a frase?! Então VOCÊ É DEMAIS! - ela disse e depois deu um sorriso que a deixou muito mais bonita que a **Ariana Grande**.
A competição ia começar. O campo magnético da Grande Mata-crânio tinha deixado o George e o Nicholas mudos. EU NÃO ESTAVA SENTINDO NADA ESQUISITO.

Ela estava tentando me paralisar, mas sem sucesso. **A GENTE SE OLHOU NOS OLHOS...** mas eu senti um magnetismo diferente entre nós dois. Ela era incrível. O professor Zemeckis nos deu **60 segundos** para entregar a resposta.

Foi **bem engraçado**, porque eu não estava pensando em resolver a lei dos cossenos, mas sim na frase do Han Solo: "GAROTA MARAVILHOSA. NÃO SEI SE A MATO OU SE ME APAIXONO POR ELA!".

> VOCÊ NÃO PODE USAR A MÁQUINA DO TEMPO PARA SEUS PRÓPRIOS OBJETIVOS. ISSO CRIARIA UM PARADOXO DE ESPAÇO-TEMPO!

Eu não sabia se a derrotava ou se me apaixonava por ela... Esperei pela contagem regressiva do professor e, quando ele chegou ao 3, escrevi o resultado e entreguei a minha folha de resposta, assim como ela.

A Grande Mata-crânio e eu estávamos em **total sincronia**.

As Olimpíadas de Matemática e Ciências tiveram dois vencedores: **MENTES PODEROSAS** e **THE PING PONG THEORY!**

As duas equipes acertaram a resposta e levaram o prêmio com igual mérito!

Eu fui até a Grande Mata-crânio e peguei na mão dela. **ELA SORRIU.** Eu estava muito feliz. Todos nós estávamos.

O George, o Nicholas, a Ellen, a Grande Mata-crânio (**A MAIS NOVA INTEGRANTE DA NOSSA EQUIPE**) e eu!

Não existe um número certo de amigos, existem amigos verdadeiros. E, mesmo se forem poucos, eles serão sempre os amigos certos.

Phil Dick

VENCEDORES

PHILIP OSBOURNE

DIÁRIO DE UM NERD

A história de um menino muito especial que acredita (demais!) em fantasia

EU SOU UM NERD

AÇÃO!

Não perca o próximo diário!

DIRETORA